Tucholsky Wagner Zola Scott Sydow Freud Schlegel
Turgenev Wallace Fonatne
Twain Walther von der Vogelweide Fouqué Friedrich II. von Preußen
Weber Freiligrath Frey
Fechner Weiße Rose von Fallersleben Kant Ernst Frommel
Fichte Richthofen
Hölderlin
Engels Fielding Eichendorff Tacitus Dumas
Fehrs Faber Flaubert
Eliasberg Ebner Eschenbach
Feuerbach Maximilian I. von Habsburg Fock Zweig
Ewald Eliot Vergil
Goethe London
Elisabeth von Österreich
Mendelssohn Balzac Shakespeare Dostojewski Ganghofer
Lichtenberg Rathenau Doyle Gjellerup
Trackl Stevenson Hambruch
Mommsen Tolstoi Lenz Hanrieder Droste-Hülshoff
Thoma
von Arnim Hägele Hauff Humboldt
Dach Verne
Reuter Rousseau Hagen Hauptmann Gautier
Karrillon Garschin
Defoe Baudelaire
Damaschke Hebbel
Descartes
Hegel Kussmaul Herder
Wolfram von Eschenbach Schopenhauer
Dickens Rilke George
Bronner Darwin Melville Grimm Jerome
Campe Horváth Aristoteles Bebel Proust
Bismarck Vigny Barlach Voltaire Federer Herodot
Gengenbach Heine
Storm Casanova Tersteegen Grillparzer Georgy
Chamberlain Lessing Langbein Gilm Gryphius
Brentano Lafontaine
Strachwitz Claudius Schiller Kralik Iffland Sokrates
Bellamy Schilling
Katharina II. von Rußland Gerstäcker Raabe Gibbon Tschechow
Löns Hesse Hoffmann Gogol Wilde Vulpius
Gleim
Luther Heym Hofmannsthal Klee Hölty Morgenstern
Roth Heyse Klopstock Kleist Goedicke
Luxemburg Puschkin Homer Mörike Musil
La Roche Horaz
Machiavelli
Navarra Aurel Musset Kierkegaard Kraft Kraus
Lamprecht Kind Kirchhoff Hugo Moltke
Nestroy Marie de France
Laotse Ipsen Liebknecht
Nietzsche Nansen
Marx Ringelnatz
Lassalle Gorki Klett Leibniz
von Ossietzky May
vom Stein Lawrence Irving
Petalozzi Knigge
Platon Kafka
Pückler Michelangelo Kock
Sachs Poe Liebermann Korolenko
de Sade Praetorius Mistral Zetkin

Der Verlag tredition aus Hamburg veröffentlicht in der Reihe **TREDITION CLASSICS** Werke aus mehr als zwei Jahrtausenden. Diese waren zu einem Großteil vergriffen oder nur noch antiquarisch erhältlich.

Symbolfigur für **TREDITION CLASSICS** ist Johannes Gutenberg (1400 — 1468), der Erfinder des Buchdrucks mit Metalllettern und der Druckerpresse.

Mit der Buchreihe **TREDITION CLASSICS** verfolgt tredition das Ziel, tausende Klassiker der Weltliteratur verschiedener Sprachen wieder als gedruckte Bücher aufzulegen – und das weltweit!

Die Buchreihe dient zur Bewahrung der Literatur und Förderung der Kultur. Sie trägt so dazu bei, dass viele tausend Werke nicht in Vergessenheit geraten.

Il Pantegan

Victor Hadwiger

Impressum

Autor: Victor Hadwiger
Umschlagkonzept: toepferschumann, Berlin

Verlag: tredition GmbH, Hamburg
ISBN: 978-3-8472-3560-6
Printed in Germany

Wo Pantegan mit einem düsteren Schicksal zusammen weitab von jedem Ehrgeiz wohnt, unter den Händlern und Huren in einem Winkel der alten Stadt, hat der Mord eine Gasse geschminkt. Scheinbar verdrießlich grinst Pantegan ein schmutziges Gegenüber an, fahle Wände mit verhangenen Fenstern. Geht ein Mensch vorüber, ein betrübter Hausgenosse oder ein neugieriges Weib, läßt er seinen Leib weit über die Fensterbrüstung hinübergleiten und nickt freundschaftlich. Er trägt das Amulett der Ehre, ein silbernes Kreuz auf der Brust. Etwas Davongejagtes ist wohl in seinem Gesicht, aber das Bewußtsein vergangener Macht hält ihn gerade, wenn er in diesen Gedanken auf und ab geht. Oft betont er, ein braver Beamter stürbe nicht ohne das Kreuz, und es fänden sich die Augen der Vorübergehenden nicht so leicht hinauf zu ihm, hätte er das Kreuz nicht. Viele wissen von ihm, manche kennen ihn; er ist zu vielseitig, denken sie, und deshalb können sie ihn nicht ganz lieben. Aber er sündigt doch für sie und sich, immer noch im Zeichen dieses Kreuzes, und das macht sie gläubig.

Spät erst kommt der Tag, schiebt die Nebel zurück und legt breites, blasses Licht in die Spalten zwischen ihnen. Flüchtige Lichtschauer schüttet er aus über das blanke Blech vor den Fenstern und das verwahrloste Pflaster. Plötzlich steht alles da, was der Nebel verwahrt hatte, wie aus dem Kehricht der Gasse heben sich die Gestalten und drängen zur Mordecke.

Pantegan horcht in die Geräusche des Gesindels hinunter. Weiber und Handelsleute kommen. Manche erkennt Pantegan an ihren Stimmen, die sich breit machen wie das Gekrächze der Dohlen. Ihre Gesichter sind vom Wissen und von den Geheimnissen verdorben. Pantegans Gedächtnis zählt und ordnet sie, und es ist ihm lieb, daß sie sich mit seinem Namen quälen, wenn ihre Augen zu ihm hinauf kommen. Man spricht von Kränzen, von der Ehrsamkeit und dem ehrlichen Begräbnis. Pantegan horcht sehr eifrig. Einer unter ihnen gedenkt der Kirchhofsratten, und ein verlorenes Weib kichert ihm Beifall. Sie kennt den Toten, sie zieht ihm mit ihren Worten das Kleid ab, und man sieht, daß er arg beleibt und von unzureichender Kraft war. Einen Augenblick nimmt das Weib Pantegan in ihre Fesseln, klebrig sitzt ihr Blick über seinen Augenbrauen. Dann wird sie fortgejagt. Aber auch die Witwen kommen und einige Gerettete, denen Pantegan einst zu ihrem Kaufwert verholfen hatte. Es kommt Lucie, die Mutter junger Diebe. Ihre furchtsame Tugend fiel durch Pantegan an einen Vogelhändler. Vor den Hecken junger Kanarier dankte sie nun der Güte des Vermittlers; – es kommt Beatrice, die um den Blumenhandel bemüht ist, ihr halbgelöster Haarknoten erinnert an die Stunden späten Erwachens. Der lapisfarbene Morgenrock ist kokett dem übrigen angepaßt, rotem Haupthaar und einem Paar williger blauer Augen. Auch diese blauen Augen kommen hinauf und suchen fast schüchtern den dunkeln Scheitel des Dalmatiners. Die Lippen Pantegans kräuseln sich über einer ruhigen Kinnfalte. Und die Augen der Beatrice denken an sehr viele Brautnächte, an die Tage unfruchtbarer Erschöpfung und an die Winde, die vom Meere her wehen, die wie ein beglückendes Fieber alle Sinne befallen. Pantegans Lächeln ist jetzt nicht mehr verwirrt wie angesichts der andern. Es sieht sogar nachdenklich aus, genießend fast. Nur seine Blicke sind noch immer vorsichtig bedeckt mit den dichten Wimpern.

Immer mehr drängt sich das Licht zwischen Menschen und Sachen, und stemmt sich mit allen Strahlen gegen die verschlossene Türe, wie eines Handgriffs gewärtig, der sie von innen aufstoßen soll. Dann ist der schwarze buschige Kopf Pantegans hinter dem Batist schmutziger Gardinen verschwunden. Der Takt geregelter Schritte, wie einer Trommel folgend, klappert über das verwahrloste Pflaster der Gasse. Vor der Haustüre streiten die Geräusche und Wortgewirre dreier Sprachen. Die Grünröcke treten im Bogen an, ihre Uniformen glänzen in der Sonne wie eine Reihe dunkler Malachitperlen. Von oben her hört man das Klirren der Gardinenringe zwischen dem zurückgedrängten Gemurmel der Neugierde und den halblauten Kommandos. Nur selten wagt sich noch ein Kopf zwischen die Vorhänge der Gassenfenster, und ein flüchtiger Hohn klatscht von oben auf die Helme der Grünen, wie eine verächtliche Speichelabsonderung.

Die schweigenden Gardinen des Gegenübers bewegen sich unter dem Hauch tiefer Atemzüge. Die Nacht scheint zurückgekehrt. Kaum daß ein Hund die Ruhe des schlafenden Tages stört. Herrenlos melancholisch wie nach einer längst verlorenen Fährte spürend, senkt er seine Schnauze in die Rinne, oder er heult in die Sonne hinein wie in einen müßigen Stern. Es ist Sonntag um die Zeit der Akazien.

Die Fliegen sitzen auf einem Stück Muskel, das die Hunde verschleppt haben. Die Sonne röstet es mit der Inbrunst einer aufmerksamen Köchin und macht es für die Fliegen pikant. Man kann in dieser augenblicklichen Schweigsamkeit eines verschüchterten Nachmittags überall tief hineinhorchen, auch dort, wo die Gasse ganz dunkel ist. Würde man Menschen begegnen in ihr, man könnte den Takt ihres Herzschlages beobachten, man könnte vielleicht die Wisser und Nichtwisser unterscheiden. Nur der schmutzige Fluß, der jenseits der Häusermauern faul und übelriechend vorbeikriecht und die Stadt belästigt, scheint jetzt laut geworden zu sein, und gesprächige Wellen klatschen an die weißen Quadern der Kais. Der hungrige Pudel bellt in die Sonne hinauf und sucht dann die schmalen Schatten zwischen verlassenen Türbänken. Ein eifriger Öbstler ordnet seine kümmerliche Ware und scheucht das Insekt von seinem Besitztum. Ab und zu klatscht ein verdorbener Apfel auf die großen Kieselkoppen. Das indiskrete Lächeln des Öbstlers geht an die Fensterreihen entlang, als stände jeder Gardine der Verräter bereit. Gedankenlos klappt der Stiefel der Polizei vorüber, auf und ab, zurück und wieder her, ein Rundgang wie ein Wirbel im schmutzigen Fluß.

»Ach Gott, Herr Polizei, ich bin ein herumirrender Hund, die ganze Welt ist so elend, Herr Polizei, wir sind alle zusammen so elend.«

Und wieder klatscht ein Apfel auf den Damm, wie von Tells Geschoß getroffen.

Aber der Geröckte hat kein Auge für den mittagsblöden Schwätzer. Die ärarische Sohle schiebt den Apfel gleichgültig ins Rinnsal. Nur an der Ecke bleibt er stehen und forscht. Als ihm kein Laut begegnet, gähnt er und erleichtert seinen Leib. Befriedigt ordnet er die Pantalons des Gesetzes, wie im Gefühle einer Amtshandlung.

Keiner hat ihn gesehen in seiner Schwäche, denn der Öbstler ist wieder in seine Höhle geschlüpft, und in der Gasse war ja sonst nichts lebendig neben diesem verdächtigen Sklaven der Ceres.

Die Blicke des Polizeidieners klettern an den vom Mittagslicht geschärften Kanten der Giebel hinauf zum Himmel. Die strengen Muskeln seiner gerechten Physiognomie lockern wie unter der Einwirkung eines Nießpulvers. Es war ein verwirrender Guß, aber doch hatte der Himmelsblick der Gerechtigkeit genug lange gewährt, um das Schwanken einer charakteristischen Gardine zu erkennen. Dort, wo Pantegan wohnt, bewegt sich wieder die Kulisse des Schicksals.

Pantegans Hände zitterten. Es waren große, hagere Hände, die so zitternd auf die Nacht warteten, Finger, die einen tankenden Frauenleib umkrallen konnten, wie ein gefangenes Kerbtier, häßliche harte Finger, die sich kühl auf eine nackte Brust legten und aller Liebe mit dem Frost gebieten konnten. Diese Finger hatten alles getan, was Pantegan war. Sie hatten ihm das Netz geflochten, in welchem er die Stunden der Laune fing wie Menschen, die sich ihm geben sollten. Lieben konnten sie nicht, aber doch immer helfen. Mit der Großmut mancher Entwegten half Pantegan. Den Allerniedrigsten und Elendesten suchte er sich in der Gosse, richtete ihn auf und beschenkte ihn mit neuen Lebensbedingungen. Er hatte einen Stab von Jüngern und Magdalenen, die er neue Tänze tanken und fremde Weine trinken ließ. Seit er so allein war und jenseits des Schicksals, nur mit seinem silbernen Kreuz allein, mußten sie ihn täglich anbeten, jeder in seiner Art, wie er es verstand. Frauen mit lauten Augen liebte er nicht und strich sie aus der Liste seiner Verliebten, wenn sie zu laut beteten.

Die Merkmale seiner Rasse hatte Pantegan in sich verwischt. Er haßte mit kühlem Gesicht und sündigte mit roten Backen. Blasse Sünder verachtete er. Am Tage jeder großen Tat des Hasses wanderte er durch die Schenken und gab von dem Seinen so lange, bis ein großer Rausch alles in eine begeisterte Wirrnis zusammenwarf. Dann stand er aufrecht unter ihnen und. genoß die Ohnmacht der Festgänger wie eine Kraft, die von ihm ausging. In solchen Stunden war ihm ein betrunkenes Weib herrlich genug zum Liebesspiel. Er zerrte sie, warf sie nieder und spie sie an, und wenn er sie wieder aufhob, wurde sie seine Geliebte. Die andern lallten dann und schrieen ihm zu, er sollte sie noch einmal niederwerfen und töten. Er aber lachte verworren und ging mit ihr in sein Haus.

Welcher Art seine Liebe war, wußte niemand, denn, die er so richtete und liebte, waren sehr schweigsam. Erst später wuchsen ihnen Erinnerungen an solche Hochzeiten, so der Lucie und der Beatrice, die er einst heimgebracht und in einer Auferstehung gelähmt. Er gab es ihnen vielleicht im Tanze und durch die Verachtung, mit der er sie zunächst niederdrückte. Man nannte diese Nachträusche »Ball der Biegsamen«.

»Pantegan der Dalmatiner ist ein übler Moralist«, pflegte »der schwache Rat«, ein gestrandeter Jurist, den seine Konkubine in das unbewegliche Laster verlockt hatte, zu kritisieren. Auch er hatte ein Kreuz, aber Pantegan ging gerade an diesem gern vorüber. Sein Haß schien ihm verwirrt und schwach. »Diese Sorte ist halbbetrunken«, sagte er, »und ein Krug voll Schnaps spült ihr das Herz in den Magen hinunter. Es ist mir kein Schuft gescheit genug, der so an den Schuften klebt. Wir können ein Faß Elixiere über seinen Kopf gießen, und er wird doch nur nach Schnaps stinken.«

Pantegan ist kein Dalmatiner mehr, er denkt und zittert, er brutalisiert und rettet. Er wird einen Staat seiner Person begründen über den Entbehrungen und Enttäuschungen seiner Jugend. Gott hat ihn nicht mehr, er ist längst allein.

Julia begann sich zu langweilen, Julia, die immer langsamer und boshafter wurde. Sie hielt sich Tiere, die sie sehr in Anspruch nahmen, eine Art dreifarbiger Ratten, Lemminge und Hunde. Ein Molch entzückte sie, der sein langgestrecktes Dasein wie eine Lust immer bereit hielt, ein seltsam beweglicher Molch.

In den Hinterräumen der Wohnung führte sie die Küche Pantegans. Auch sie hatte Erinnerungen, wie eine Gerettete. Aber weder daß sie einen Dieb geboren hatte, noch daß sie tanzen konnte. Ihr Schicksal war eine Küche, und das Getier, das sie fast verwegen liebte, denn Pantegans lange knorrige Finger begehrten unablässig nach ihr. Eigentlich war sie noch jung, wie die Lemminge und die Sommerfliegen.

»Julia, Du bist entsetzlich blaß, wenn Du in der Küche auf und ab gehst.«

»Herr Pantegan, es strengt mich an«, antwortete sie ihm, als er so zu ihr kam, um irgend etwas anzuordnen oder auch nur, um sie wieder zu sehen. »Ich bin in der Hitze wie ein Stück Eis, Herr Pantegan, das für sein Leben besorgt ist.« Und die Lemminge krochen zu ihr hin und drückten sich an ihre nackten Füße. Dann ging Pantegan wieder zurück zu seinem Fenster. – – –

»Man muß dieses Stückwesen in die Suppe werfen und es schnell hinunter schlürfen«, fluchte sein Herz. Aber doch wollte er noch einmal umkehren, um noch etwas über Julias Schweigsamkeit zu bemerken. Im halben Wege zuckte er zurück. »Sie läßt sich nicht aufrichten – aber schließlich sind wir ja beide sehr schweigsam und immer nebeneinander«, seufzte er und rührte die Batistlappen an. Unten lag noch ein Stück verbannter Sonne. Auch die Schritte hallten noch über die Kieskoppen. Dann ging Julia, um Gemüse und Obst zu holen, und er folgte ihr unwillkürlich einige Stufen hinunter. Sie ging fast ausdruckslos wie eine Bürgersfrau, kaum daß ein einziger Schritt die andere Gattung verriet. Sie dachte: »Warum schleichst du mir nach? Die Seele würde dich doch hassen, wenn ich auch zutraulich scheinen könnte. Mit jedem Kuß würdest du angespieen sein, aber ich küsse dich nicht. Es ist niedrig, dich jetzt anzuspeien. Erst wenn sie alle Häuser niederreißen, und der Platz breit offen liegt bis an das Ufer hin, damit sie dich alle sehen können, dann werde ich dich küssen, du...«

Pantegan ging wieder zurück und nahm das Interieur sorgsam in Acht mit jenen Blicken, die ihm einst das Kreuz gebracht hatten. Neben ihrem Bett fand er einen Packen Zettel. Es waren Briefe aus dem Leben von früher, Niederschriften wehmütiger Verse und ein paar frischgeschriebener Blätter.

Es war eine Naht in ihrem Brautkleid, die mich immer gestört hat. Sie war zu fein, zu raffiniert für dieses ehedem niedrige Ich. »Du hast mit dem Schneider getändelt, der meinen Auftrag hatte. Aber wenn mein Unglück alle Harlekine zu Schanden geschlagen hat, werde ich sehr glücklich sein.« Er setzte sich wie ein Müder auf Julias Bett, aber seine Augen folgten dem Licht zwischen die Blätter, und auch die Hände waren noch nicht ruhiger geworden. – Sie hat ihre Seele unter den Röcken versteckt, oder sie hat gar keine Seele.

Entweder werde ich sie sehr elend machen, oder sie wird mich im Bett ersticken.

Spät erst kam Julia wieder, als die Sonne sank und sich das Gesindel schon in die Straßen wagte.

»Wo bist Du gewesen?« fragte Pantegan ruhig. »Leute wie Du sind, glaube ich, Schwätzer.«

Julias Gesicht glühte, und der Mund war fast leuchtend vom Widerspiel der Gespräche.

Pantegan starrte ihr ins Gesicht: »Ich habe alle Deine Zettel gefunden, und ich sage Dir, daß Du überhaupt keine Zettel mehr schreiben darfst und Unsinn aufkritzeln. Diese da habe ich ins Feuer geworfen. So, jetzt kannst Du schlafen gehen, und merk Dirs.«

Julias Wimpern fielen über die Augen und verdeckten allen Haß. Dann ging sie zurück in ihren Raum. Das Dunkel kam rasch über die Stadt. Fast lebte die Gasse schon.

»Du mußt mir gar keine Geständnisse machen«, rief er ihr nach, »ich hab den Unsinn ins Feuer geworfen. Das ist ganz genug für mich, daß der Unsinn brennt.«

Julia schwieg weiter, ihr Gesicht blieb ohne Ausdruck. Der Gewohnheit gemäß machte sie sich mit ihren Tieren zu schaffen.

Pantegan nahm unbemerkt die Zettel, steckte sie zu sich und ging.

Seine Hände waren schon ruhiger geworden, aber die Augen sprühten böse Lichter in die Dämmerung.

»Ich geh zum Ball, und Du wirst jetzt schlafen«, murmelte er und schlich lautlos die schmale Treppe abwärts.

Der dumpfe Geruch des Stiegenhauses schlug Julia ins Gesicht.

Zärtlich beugte sie sich zu ihren Tieren, die ihr bis ins Vorhaus nachtrippelten. Ein Ekel schüttelte ihren schmalen Körper. Es war ihr, als sei sie durch eine schmale Kloake gekommen, die unten in Nacht mündete, und oben in den Bau eines verhaßten, schmutzigen Nagers.

Weißen beweglichen Lichtflecken ähnlich guckte die glänzende Zeichnung in den Fellen der Tiere neben ihrem leuchtenden Gesicht zwischen den Schatten der alten Möbelstücke. Ein verdorbenes Rot erwachte oben in einem Fenster des Hofraums und warf seinen trüben Abglanz über die braune Bettdecke. Erschrocken krochen die Tiere in ihr Versteck.- - -

Das heisere Wiehern der Weiber hinter den bunten Scheiben löste den schwülen Schlag des Sommertages ab. - Die Wachen wechseln. Vor der starren Pflicht eines Postens zerstreut sich der letzte Schwarm der Neugierigen und Schwätzer.

Vor dem Haus des Gemordeten brennt eine schmutzige Lampe und man kann ein Schild entziffern mit halbverwischten Buchstaben: Ferdinand Hausotter, Lebzelterei.

Das Lachen der Huren und Kuppler hat die Schleusen der Nacht aufgerissen. Die erste Woge des Lasters rinnt über die Kiesel der Gasse. Ein lahmer Genießer hinkt hinter einer Gruppe Halbwüchsiger von einer Betteldirne gelockt, und überall steht der geschminkte Tod im Waffenrock neben den Türen und flüstert. Und die Nacht wird mit jeder Stunde festlicher.

Die Mäntel der Weiber flattern im Nachtwind um die halbnackte Wollust. Auf den gepuderten Schultern kleben schon die Blicke der begierigsten Tänzer, und die ersten Späße züngeln zwischen dem knisternden Taft. Der Nachtwind ist kühl, aber der gemeine Eifer der Witzbolde wärmt die Nacken. Es ist Leidenschaft der Farben und Formen bei Allen, vom roten Licht in eine Einheit gedrängt staut sie sich allmählich zur Glut. Überall ist Erwartung, in jeder Falte, in den Taftkaskaden, in den Gesichtern, selbst in Großmutters verknitterten Rosen. Großmutters Rosen aus Mousseline scheinen wieder aufblühen zu wollen, und im roten Licht erinnern sie sich der Jugend und des Brautstandes. Wenn sich die Türe endlich weit öffnet, werden sie vielleicht ganz groß und leuchtend sein wie Pantegans Augen im Dunkeln.

Ein lautes Weib pocht mit den mageren Fäusten an die Eisentüren des Saales. Lichter sind schon drinnen, man merkt sie durch die Spalten der Vorhänge und ruft ihnen zu, wie berühmten Geigen und Klarinetten. Es sind ganz kranke, schwächliche Gasflämmchen, die in der Zugluft um ihr blasses Dasein bitten, aber in den verwirrten Augen der drängenden Weiber werden sie große, kämpfende Sonnen; in ihrer Unbedecktheit sind sie wie Frauenleiber, die aufschreien und aufzucken, um dann wieder auszuruhen im Gehorsam langgedehnter Stunden, breit und treu. Ein verwahrloster, häßlicher Knabe in einem klebrigen Hängekittel und schmutzigem Spitzenhöschen klettert über die zerfetzten Polster der Wandbänke und schraubt bedächtig und pflichtbewußt an den Gashähnen. Von außen folgen ihm die Blicke der Dirnen und Buben, und jede Station des Rundganges wird durch wieherndes Gelächter festgestellt. Das sind Zeichen der Erwartung wie vor einem Zirkuszelt, das einen versteckten Riß in der Leinwand hat. Die charakteristische Zungengebärde des Lampenwärters kann nichts bedeuten gegen so viel angestaute Fröhlichkeit und Übermut.

Auch der magere Körperteil im Schlitz der Mädchenhose, der wie ein Wort tiefsten Hasses in der Richtung des Gelächters hingeschleudert wird, kann nur eine Flut reichgespeicherter Begeisterung flott machen.

Unruhiges Licht tänzelt jetzt über das Parkett. Der Mädchenknabe im Schlitzhöschen päppelt ärgerlich greinend dem Ausgang zu wie durch hüpfende Wellen einer plötzlich überschwemmten Sandebene. Kaum daß er die Allzufrühen bemerken kann, den Pantegan mit irgend so einer von denen.

»Prsteck!« glitscht es über das Parkett, »komm her, Prsteck, ich schenk Dir ein neues Hösel.«

Prsteck stellt sein Wehklagen ein, bleibt stehen und glotzt.

»Vatterl!« Die Ansprache hat den warmen kindlichen Ton, aber das Gesicht ist faltig und der Farbe scheint an manchen Stellen ein Pinsel nachgeholfen zu haben. »Spielst auch mit am Theater? Bist ein armer Prsteck! Da hast Dein Hösel.«

Pantegan reicht dem Kind einen in rotes Seidenpapier gewickelten Gegenstand und freut sich, daß es lacht. Rasch haben die verhungerten Finger des Prsteck sich durch die seidenen Papierfetzen hindurchgearbeitet. Über den kleinen Händen und dem verwüsteten Gesicht flattert und bläht sich ein Stück Batist mit zarten Entredeux. »Aber Du machst auch nix in das Hösel hinein, Prsteck«, lacht Pantegan.

Der Prsteck fühlt und genießt den Segen eines Geschenkes, und in dem Maße, wie er beglückt ist, hustet er und zappelt.

Pantegans Pupillen vermischen ihren Glanz mit dem Schein der Leuchtflammen; seine bronzenen Finger liegen an den Halsadern seiner Begleiterin. Sie erscheinen in diesem starren Augenblick fast edel, wie gegossen liegen sie da.

»In dem Prsteck steckt ein schweinisches Elend. Ich muß ihm auch eine lebendige Ziege kaufen, und er muß, wie man so sagt, mit Grazie verkommen, der Prsteck. Er wird sich die Ziege dressieren und mit ihr auf dem Variete seine Scherze machen. Ja, mit dem Prsteck hab ich was Großes vor.«

Das Weib lacht grausam und drückt sich noch tiefer in seine Umarmung hinein.

»Warum darfst Du immer zuerst hier sein und eine mitnehmen. Draußen steht doch Varieté und Tanzvergnügen um zehn Uhr.«

»Weil sie mich nicht hinauswerfen wollen, und weil ich hier überall dabeisein muß, eh's anfängt.«

»Du, warum Du denn gerade?«

»Weil ich, wenn mir irgendeiner gefällt, ihm ein Spitzenhösel schenken tu.«

»Ist denn der Prsteck wirklich vom Ferry?«

»Ich weiß es nicht, es ist eben der Prsteck.«

Das Weib kichert, Pantegan stippt nervös die Asche von seinem Stummel.

»Deiner, ihm seiner, oder gar keinem seiner, – es ist ganz egal.«

Er macht sich wieder an seiner Zigarre zu schaffen, nachdenklich die Zünder hervorholend. »Schließlich müssen wir alle sterben.« Dann springt die Eisentüre auf und das Gassenvolk strömt ein. Alles schreit und gröhlt, aber keiner kann mit seiner Stimme irgend etwas besonderes betonen. Pantegan und seine Lisbeth werden in eine Ecke geschwemmt. Das Weib kläfft und faucht wie eine fette

Bulldoghündin, aber ihre Wut geht im Gemenge unter. Nur Pantegans Zurufe behaupten sich im Wirbel der Stimmen. Dann reißt man den Vorhang zur Seite, und ein Mensch im Frack erscheint. Unter den Stößen schlenkert ein Spitzenhöschen.

»Sie haben ihn schon wieder bestohlen«, lacht Pantegan aufgeregt. »Wo ist der Prsteck? Jetzt muß ich ihm unbedingt die Ziege kaufen. Weh euch, ihr, wenn ihr ihm dann auch die Ziege stibitzt, ihr... Prsteck! Komm her, mein Prsteck!«

Aber durch das Gewirr der Glieder und Worte kann sein Ruf nicht vordringen. Hinter dem Glasbrett im Schankraum hört man gedämpft das Winseln des Prsteck, in dem sich körperliche und seelische Schmerzen kläglich ausdrücken. Pantegan hebt sich auf den Zehenspitzen. So überragt er das Gesindel mit den Schultern, aber er sieht nicht, was er finden will, und flucht über ihre Köpfe hinweg. Dann reißt er irgendein Weib aus der Menge und tanzt polternd mit ihr zwischen den Bankreihen. Keiner wagt ihn zu halten, und die Blechmusik geizt nicht mit einem wilden Stück. Mit seinen starken Beinen wirbelt er die Menschen und Stühle rechts und links durcheinander, daß die Weiber aufschreien und die Männer blaß werden. Wie im Wahnwitz heulen die Instrumente ihm zu.

Der Hosenräuber oben am Podium sucht in seiner kümmerlichen Seele nach einem Witz, um sein Debüt zu retten. Aber er findet weder ein Scherzwort, noch einen Fröhlichen, der es anhören will. Alle sind sie dem Pantegan ausgeliefert, der tanzt und streut ihre Gedanken zu seinen Füßen hin, zerbröckelt ihre Seelen und tritt auf sie. Einen Augenblick ist es, als sollten die Lampen auslöschen von dem Wind des wehenden Weiberrockes. Pantegan krallt sich in das Fleisch der Tänzerin ein, mißhandelt sie, beißt sie in die nackten Schultern. »Da, alte Hure!« Und er wirft sie im Ekel in eine Ecke, wie ein abgetragenes Kleid, um das jetzt die Juden schachern dürfen.

Keiner darf sich wehren auf diesem Ball der Biegsamen. Der Saal raucht und erschreckte Augen bitten um Pardon. Die Peitsche seines Hohngelächters jagt sie durcheinander, und sie ducken sich vor seinen Blicken, die wie Fußtritte sind. Die Klarinetten winseln verlegen und die Trompeten werden müde.

Es war, als wollte sich Pantegan den Tod ertanzen, sich und denen, die mit ihm waren, den gehorsamen Teufeln der Gasse. Zwischen zerschellten Stühlen zerrte er sie hervor in sein Gelächter hinein und schleifte ihre Seelen durch den Saal. Es war ein Bacchanal der Wut, und alle, die nicht zu tanzen wagten, zitterten.

Die Dienstboten schlichen sich an die Lampen heran und die erschreckten Stimmen im Hintergrund retteten sich in die Lüge der Verzweiflung, die in solchen Stunden ihr bitteres Letztes war. »Polizei! Polizei!« kreischte es in den Ecken. Draußen schlug man an die Fenster und schrie, drinnen drängte man den Ausgängen zu.

Auch der Prsteck war an die Lampen herangeschlichen. Seine geübten Finger hatten schon zwei Flammen bewältigt. Aber Pantegan raste weiter in einer unentwegten Lust. Nur wie im Traum hörte er durch das Gewirr der Worte den Namen des Lieblings.

Immer finsterer wurde es im Saal, und nur ein magerer Schein lungerte noch um das Podium der Artisten. Im Hintergrunde stauten sich Menschen und Stimmen. An den Türen, die man rasch aufgerissen hatte, bewegten sich die Silhouetten vieler Köpfe, gesäumt von den roten und grünen Reflexen der Gasse.

Aber da schrie Pantegan noch einmal nach Musik. Doch es antwortete niemand, und so warf er denn das Weib, das er gerade führte, auf irgendeine der Bänke hin.

»Da bleib liegen!« – – – und er stemmte seine beiden Fäuste gegen die Türpfosten. »Wer will hinaus?« – – – – Aber sie verließen ihn, die Biegsamen, rechts und links von seiner Kraft entwichen sie durch alle Schlupfwinkel, wie aufgescheuchte Nachttiere.

»Sein Hösel geb ich ihm wieder, ich will das Hösel wieder haben!« Er brüllte in einen leeren, finsteren Saal hinein. Und als ob ihn die Stille einschüchterte, hielt er plötzlich inne. Nur drei oder vier halbtote Leiber regten sich da irgendwo und wimmerten.

Dann erloschen die letzten Lampen und auch aus dem Raum des Schankburschen, wo noch einen Augenblick vorher die Gläser geklirrt und das Spülwasser geplätschert hatte, kam kein Zeichen des Lebens und der Pflicht mehr. Alles schien besiegelt und niedergeworfen zu sein und dazuliegen, wie Leichen auf dem Schlachtfeld, verstümmelte Möbel, Glasscherben, vergessene Kittel, alte, ruppige

Kotillons, halbzerpflückte und zertretene Buketts. Und zwischen dem gefallenen Kram wühlten die Schritte des Siegers. Überall genossen sie Leichen von Menschen und Blumen. Und zwischen den verachteten Trümmern wälzten sich die Betrunkenen und die Weiber, die seine Lust niedergetanzt hatte.

- - - - - - - - - - - - - -

»Bist Du da, Ernesto?« - - Und es kam eine gurgelnde Stimme aus dem Dunkel zwischen den Tischen rechts empor. »Bist Du's, Ernesto?« - - - Die Stimme richtete sich auf, ein Tisch fiel um - - und eine Gestalt mit verwischten Umrissen erschien.

»Ich bin ganz betrunken, Cesare, ich fürchte mich, ich muß sterben!«

Pantegan schlug die Türe zu, stemmte den Rücken gegen die Eisenflügel und streckte die Hände vor. »Komm her, Ernesto,« sagte er mit leiser, farbloser Stimme. Aber in der Stille war die Stimme doch verständlich wie ein Vogelruf in der Morgendämmerung.

»Ich halte Dich schon fest, und wir trinken einen Guß Mokka. Guten Tag, Ernesto!« - - - Und er spürte tastende Finger an seinen vorgestreckten Armen. »Jetzt komm, und wir zahlen da hinten. Ich hab' Dich ja schon, da hab' ich Dich ja schon. Ich muß Dich ja auch haben.«

Vorsichtig schlich er mit dem Genossen in den Schatten der Hinterwand, denn der Türspalt klaffte wieder und verräterische Gassenlichter tanzten über das Parkett.

»Das ist brav, daß Du dageblieben bist, Ernesto, und zugesehen hast, wie ich getanzt habe. Ich hab schön getanzt, Alles hob ich zertanzt« - er lachte leise, und doch war sein Lachen sehr deutlich, deutlicher noch wie seine Rede. »Ernesto, komm schnell, ich habe noch sieben Minuten, dann sind sie da. Schnell, Mokka und zahlen - und den Lumpen fangen. Kannst du noch springen? Spring doch!«

Der Angesprochene führte eine hüpfende Bewegung aus, wie zur Probe seiner Kunstfertigkeit. »Hör doch mal, Ernesto, findest Du wirklich, daß ich sehr gut getanzt hab? Aber hör noch einmal, Ernesto, sie wissen Alles. Kannst Du noch eine Faust machen? Mach eine Faust, Ernesto!« Pantegan lachte wieder heiser und bezeichnend, während der Trunkene mit den Fäusten um sich schlug.

»Gut, mein Hündchen, sehr gut, such, mein Hündchen, such!
Aber jetzt komm, sonst wird der Mokka kalt, und sie haben uns fest,
wenn wir ihn nicht fangen, den Marderkerl!« Pantegan stockte, und
beide horchten auf. Kleine Schritte trappelten über das Podium. »Er
ist da, aber wir haben keine Zeit, Ernesto, wir müssen ihm die Ziege
später einmal kaufen.« Und dann nach einer Pause, wie sich erinnernd, rief er leise: »Prsteck!«

Nichts antwortete, und beide schleppten sich weiter in den Schankraum. »Ja die Ziege später, erst den Kerl und das Hösel«, und er machte eine Bewegung, ab wollte er eben einen untertauchen. »Ernesto, wir müssen ihm einen Schubs nach unten geben, oder nach rechts oder nach links, so von oben herunter schief hinein, den Schlüffel! Und dann ziehn wir ihm das Hösel aus und quetschen ihm die Lackspitzen. Komm jetzt, und halt Deine Faust fest. Lach nicht, sonst fällt sie Dir herunter.«

Draußen in einem Fach der Kredenz warteten schon ein zuckender Wachsstummel und drei weiße Tassen mit ihrer braunen Inschrift und dem Flügelrad. An der Glastüre, die zur Gastwirtswohnung führte, bewegte sich ein grüner Kattun, dann knarrte es, und Prsteck schlüpfte mit einer Blechkanne durch den Türspalt.

Keiner wollte ein Wort finden, Pantegan nicht, Prsteck nicht, nicht einmal der Betrunkene. Prsteck schenkte ein, gewandt und schmiegsam wie ein Mitwisser. Nur die Augen riß er weit auf und seine Lippen schienen sich zu krümmen zur Kritik des Betrunkenen. Dann ging er hinaus.

»Der Prsteck ist schon so schrecklich alt.« Fast rauchte der Mund des Sprechers noch von dem glühenden Getränk. »Bist Du ganz wieder da, Ernesto? Avanti. Der muß Blut spucken, das Komödiantenferkel, das Hanswurstenzeug, halt Deine Faust nur recht fest.« Pantegan zerknitterte eine grüne Banknote und stopfte sie in die dritte Tasse. Dann hob er sie mit einem frostigen Lachen: »Prost Bahnhofsrestauration!«

Die Gasse war wieder still, und nur selten schlichen schmale Schatten von einer Tür zur andern, ab die Beiden hinausgingen.

»Ekelhaft, Ernesto, die Zwei an einem Tag, aber wir sind Jaguare, wir reißen elend viel.« Und er grinste wie ein Gerichteter, der einen Priem kaut als letzte Ölung. »Amen, Ernesto!«

Der Betrunkene reckte sich und marschierte stramm, als leistete er die Ehrenbezeigung des Rekruten.

»Ernesto, der Mond ist so feucht, der schwitzt. Mir ist ein Tropfen auf die Nase gefallen, wisch ihn weg!«

Glaubst Du, Ernesto, daß es einen einzigen Menschen gibt, der mich auslachen darf? – – Heb' doch den Kopf und hör zu. Schweinsäugel nicht in die Funzeln hinein. Zwei Minuten noch, und Du mußt ein Stamperl Blut austrinken. Das gibts nur für einen fröhlichen Kopf. Avanti, Ernesto mio!«

Der Angerufene glotzte in irgendeine der Tranlampen an der Ecke eines Durchhauses, bis ihm die Augen zu tränen begannen. Seine Blicke verschleierten sich wie die eines liebeslüsternen Hundes. Da fühlte er das Nasse auf seinen Wangen und glaubte sich einem Gefühl gegenüber. Die Schwäche der verwirrten Sinne nahm ihn ganz in Besitz, und er schluchzte: »Ich muß sterben, leg mich hin, gib mir noch ein Schlückel und dreh mich um, und dann ist es aus.«

Pantegan lugte ins Dunkel und beobachtete die Straße in seinem Rücken. Dann stemmte er seine Fußspitze an den Eckstein unter der Laterne. Ein flinkes Wippen der Finger, und die Dunkelheit beschützte ihn. »Ernesto, halte Deine Faust fest! – Ich weiß, die haben alle ihre Fräuleins, und ich kenn' eine drunter, die hat mich das Pfeifen gelehrt, genau den Pfiff kann sie, pfeift wie ein Dampfschiff.« Er stieß einen schneidenden schrillen Pfiff aus.

»Da lachen sie schon, ich hör ihn schon lachen, den Gewissen. Hör wie sie mich lieblich anlachen. Steh jetzt, Ernestino, steh doch, sing Dein Liedel! Wein ihnen das Lachen aus dem Bauch! Mein Gott, kannst Du denn nicht so lang stehn bleiben, bis sie Dich umstoßen? Ich muß Dir doch helfen dürfen. Da schau her, das ist eins.«

Er zog ein spanisches Messer aus der Tasche. »Laß nur, laß nur, ich helf Dir schon. Wer sich so in der Notwehr befindet, der muß einfach stechen. Und es ist doch gut, daß ich mir einen von den Sechsen aussuch. Sing doch, sing doch!« Er stieß den Betrunkenen vorwärts, und der hieb mit Händen und Füßen um sich. Wie ein taumelnder Gladiator rannte er in einen Knäuel gröhlender Leute hinein, während Pantegan sich in die Schatten duckte.

»Hast Du Deine Tanzratte vergessen?« Pitsch! Lang wie ein Affenarm schnellte etwas gegen das Gesicht Ernestos. Eine schmale Strieme zeichnete Stirn und Backen. Die Hände des Getroffenen schnellten empor, als wollte er rücklings taumeln. Aber es war nur die Bewegung des Erwachens, dieser Ruck nach oben, ein Augenblick der wiederkehrenden Kraft des Hasses, die im Letzten keine Erschöpfung kennt. Wie Enterbrücken schlugen sich die langen Nägel in die Haut zwischen den dicken Haarbüscheln des Artisten, und Blut rieselte über die Schläfen des vorwitzigen Diebes. Ein Augenblick des Kampfes, Mann gegen Mann. – Aber da stand er schon, Pantegan der Vermittler. Nur ein paar Worte rechts und links, und dazwischen ab und zu eine Mahnung zur Vernünftigkeit: »Laßt sie, die haben was miteinander.«

Da gingen die andern Fünf, als müßte es so sein, weil eben ein Vernünftiger das Wort nimmt.

»Sei jetzt wieder friedlich, Ernesto«, und sein feines Messer glitt zwischen die beiden Körper irgendwo hin. Beide torkelten über das Pflaster. Unten lag der Betrunkene, über ihm grinste das verzerrte Gesicht des Possenreißers.

»Steh auf, Ernesto, wir gehen zur Wopitza, daß Du Dein Stamperl kriegst. Du hast ihn ja schön auf die Schläfen geschlagen. In der Notwehr ist man immer ein ganzer Kerl. Kannst Du noch gehn? – Der schluckt uns nichts mehr weg. Komm, wir wollen ihn zur Wopitza führen, Arm in Arm, Du besoffener Samariter. Avanti!« Sie hoben den Sterbenden auf und schleppten ihn durch den dunkeln Gang, einen Rekrutenmarsch pfeifend. Ihre Schritte klapperten im Exerziertakt über die Zementplatten.

Nur der Mund des Gemordeten schien noch einen blutigen Witz sprechen zu wollen. Seine Herzwunde blutete nach innen. Aber Pantegan stopfte die letzte Schwatzhaftigkeit mit seinem Tuch.

»Wir wollen uns ein Stamperl Schnaps ins Gewissen gießen im »Violetten Affen«, Herr Mario di Rigardo! Wir haben doch die Ehre?« näselte Pantegan. »Und dann singen wir ein Kirchenlied dazu. Auf, Ernesto, altes Husarenherz, laß ihn nicht fallen, er ist so zerbrechlich und nachdenklich. Die ganze Affäre zerbricht sich ihm, wenn Du ihn jetzt ausrutschen läßt.«

Sie schleppten den Halbtoten in einen schmutzigen, einsamen Raum hinten im »Violetten Affen«. Die Alte an der Türe bettelte ihren Sechser und kicherte verlegen, denn sie hatte Marios weitaufgerissene Augen im Halbdunkel gesehen. Dann warfen sie ihn auf ein Sofa und bestellten Schwarzen für Drei. »Der ist für den Aloysius, der dritte«, flüsterte Pantegan und schielte zu einem alten Bild im Goldrahmen über dem Sofa. »Schau ihn, er winkt schon mit der Lilie.« Dann klingelte er. Madame kam und ging schmunzelnd wieder. Sie hatte den Mokka gebracht und die Gläser für den Brandy zurechtgestellt.

»Ernesto, sing nicht, sonst wacht er uns wieder auf«, kicherte Pantegan verwirrt, und Ernestos schnurrende Laute wurden dumpfer und leiser. »Sei still, Ernesto, sei ganz still, es kommt gleich, unser Pröstchen.« Und eine von Pantegans großen Händen legte sich quer über Mund und Nase des Sterbenden. Man hörte kaum noch einige schwache, gurgelnde Atemzüge.

Madame kam wieder, nachzusehen, und man trank mit ihr ein Valeti. Aber Madame lächelte sehr deutlich und sehr ungläubig, und dann wollte Madame auch nicht stören. »Gute Nacht meine Herren, Carissimi.«

Da scheint sich das Leben noch einmal aufzubäumen in der Brust des Gemordeten. Er atmet ganz tief.

»Ernesto, hör mal.« Er wühlte in den Taschen des schäbigen Artistenfracks und zog einen kleinen, in fettige Zeitungsblätter gewickelten Gegenstand hervor. »Pfui, es hat einen Fleck!« Und er warf das Päckchen auf den Tisch. Dann schob er das Hemd des Toten zurück, um die Wunde zu sehen. Sie hatte sich weit geöffnet, wie zwei anklagende Lippen klafften die Ränder. Immer mehr Blut trat jetzt aus.

Und Pantegan muß sich rasch in ein Lachen flüchten. Einen Augenblick war er blaß geworden, seine Hand glitt aus, und ein großer roter Tropfen saß auf der grauen Haut seines Ringfingers, rund wie ein großer Granat. Aber dann gewann er sich wieder und sammelte alle Sinne in einer grausamen Lustigkeit. Er nahm eines der Gläschen und hielt es unter die Lippen der Wunde. Mit jenem Lachen, das alle zahm hielt, stellte er es blutgefüllt vor Ernesto hin. »Da trink, mein Hündchen, so ein witziger Schnaps ist süß und reinigt die Kehle. Auf gute Nacht! Prost, rotes Pröstchen!«

Ernestos Stirne lag auf dem Tischrande wie die eines plötzlich verwirrten Beichtkindes über dem Pult der Kirchenbank.

»Ich muß sterben, ich muß sterben, Pröstchen, Pröstchen,« winselte er halblaut zischen Weinen und Lachen. Pantegan aber nestelte eifrig an dem Gewande des Toten. Wieder kam Blut und Speichel aus dem Mund des Getöteten.

»Ich muß ihm den Schnurrbart abwischen, gib mir Deine Serviette, meine hat Flecken. Guck ihn nur, da sitzt er stramm wie ein Grenadier beim Dessert. Schnäppchen gefällig, di Rigardo? Guck ihn nur, er lacht. Beschissen lacht er, eklig zutraulich. Aber steh jetzt auf, Ernesto, laß ihn den Schnaps allein austrinken. Wir gehen und stecken dem Prsteck sein Hösel durchs Hinterfenster. Morgen spielt der Prsteck die Komödie. Ich bin schon elend gut aufgelegt!«

Ernesto sprang auf, ein Dämon würgte ihn und zerrte ihn hinaus. Aber auch Pantegan war hülfreich und schob wacker hintendrein. So kamen sie durch den Gang an der grinsenden Alten vorbei. »Gute Nacht, Emerenzia, der Herr drin wird noch lange schlafen.« Und Pantegan drückte rasch ein Silberstück in die schmutzige Hand, die sich in Behagen krümmte. »Und morgen kann der Herr ein Klistier kriegen, Ehrenwort, muß einfach!« Die Alte wieherte laut und wollte eben noch mit einem Mund voll Schmutz quittieren. Aber Pantegan war eilig, und schon standen sie unter dem dunkeln Bogen.

»Wo ist Dein Tuch, Ernesto?« Pantegan suchte in seinen Taschen. »Wo ist Deine Serviette, wo hob ich Deine Serviette gelassen? Weißt Du nicht, ich hab ihm doch den Schnurrbart gewischt.« Das Gesicht Pantegans veränderte sich, aber gleich hatte er wieder das gewisse Lächeln erhascht. »Seine Wenigkeit haben es vielleicht aufgefressen, armer Ernestino.« Ernestino starrte ihn an mit bettelnden Augen wie ein gestraftes Kind.

»Gute Nacht, mein Hundel, macht nichts, macht nichts, weißt ja, wir müssen alle sterben.– – –«

Und er schob ihn in irgend einen dunklen Flur durch eine der dunklen Türen, die immer offen stehen in den Gassen der dunklen Stadt.

Drüben an dem Flußufer, wo die Spielplätze der Menschen sind, geht man zur Feier Johannis des Beichtigers und Beschützers. Vor den Türen stehn jugendliche Birken, an allen Türen der Stadt, dort wo sie an den Hügelhängen hinaufklettert und freudiger ist als unten in der Taltiefe. Die Stadt ist in den Stunden, da die Sonne den Kindern in ihre kleinen Gesichter scheint, viel größer als sonst, und die krause, widerspenstige Sprache dieses Landes ist auf den Kinderlippen flüssiger geworden. Nur ganz unten sind die Nächte vorwitzig, und es ist da, als räkelte sich die Finsternis auch mitten im Sonnenschein und wolle nichts für das Licht hergeben und geize um jeden Winkel, der ihr abgerungen werden soll.

Von einem der Hügel schielt Pantegan hinunter auf die Stadt, die er so lange geliebt hat, auf alle die Dächer, unter denen es am dunkelsten ist, und wo man sich vor der Sonne fürchtet. Es blendet ihn das reinliche Frühlicht. Wie zusammengeworfene Felsenstücke lungern die grauen Häuserblöcke seines Reviers, zwischen denen er schweigsame Mörder gezüchtet hat. Noch tiefer ist das alles von so weit gesehen, noch unterirdischer.

Und er ging weiter hinüber, noch immer im Taumel der letzten Handlungen und Verwirrungen. Seine Finger machten noch immer jene klammernde Bewegung, mit der er dem Betrunkenen das Gläschen voll Blut hingestellt hatte. – Jener Zauber wollte ihn nicht loslassen, mit dem er alle die letzten Jahre und ihre Menschen an sich gebunden hatte. – Die Türen der dunkeln Stadt rissen sich wieder auf vor seinen inneren Augen, und die dumpfen Parfums der Gemächer betäubten die Sinne des Zweiflers, während sein lichtentwöhnter Leib unter den Strahlen eines unberührten Morgens dahinglitt.

Schon sah er unten das kleine weiße Stationshäuschen, von dem aus das Gerinnsel der Großstadt einen Abfluß hatte nach den fruchtbaren Feldern und reichen Dörfern des breiten Westens. Das war Pantegan, klug und stark, auch wenn es hieß zu gehen, wie jene Tiere war er, die Julia pflegte, die einen dunkeln Fleck mit dem andern vertauschten, jene Nager mit einer glatten, gleitenden Behendigkeit. Aber ohne die wehmütige Anhänglichkeit an den, der füttert, ein schleichender grausamer Verächter war er, den keiner fing, weil er alle Fallen verachtete. Nur sie allein waren ihm nachgegangen in den Jahren einer dunkeln Geschichte, die vielen Seelen, die er wie in dichten, schmierigen Säcken hinter sich herschleifte. Und sie waren so treu, kaum daß sich mehr ein Verräter gegen ihn gewagt hätte. Immer lachte das Tier in ihm, das unwiderstehliche

Tier, auch jetzt, als er über das Trittbrett des Waggons sprang. Drei oder vier rote Tücher winkten einen Abschied, der kleine kümmerliche Motor pfiff, und der große Pantegan streute das bißchen Erlebnis von gestern, das bißchen plötzliche Angst ins Gras.

»Komm, wenn ich Dich rufe, Du mußt dann gleich kommen. Du weißt, daß das Leben sehr kurz ist, wenn man es nicht mit allen Mitteln lebt.« Er gedachte jetzt dieser wenigen Worte, der einzigen, die er in seiner dumpfigen Höhle zurückgelassen hatte. Sie waren an Julia und standen auf einem weißen Tuch mit einer leicht verlöschbaren Schrift geschrieben.

So fuhr er gegen Westen und suchte sich eine andere Krone, oder irgend etwas, ein Haus, einen Baum oder ein Weib, oder vielleicht ein paar neue Gedanken des Lebens, weil ihn diese ersten Kapitel sterben lassen wollten.

»Du weißt, daß das Leben sehr kurz ist, wenn man es nicht mit allen Mitteln lebt.«

Benjamin, das graue Schwein, der Pflegling der Emerentia, grunzte selbstherrlich wie der heilige Apis, warf die faulen Salatblätter voll heiligen Übermutes über die Borde des Trogs und lächelte gutmütig ins Halbdunkel hinüber. Die warme, modrige Luft der letzten Nacht bewegte sich durch die Hofzimmer und wehte leise bis an die Nerven Benjamins. Das Schwein hob den Rüssel und stieß einen hohen quiekenden Ton aus, der fast leidend klang, in seiner noch immer unerfüllt gebliebenen Begierde. Und doch wollte Emerentia nicht kommen. Wenn je ein Schwein die Zeitempfindung gehabt hat und seiner Umgebung den Sinn für die Bedürfnisse der Existenz eingeprägt hat, so hieß es Benjamin. Er war der lebendige Eimer des Lasters, und der Genuß der Abfälle des Lasterhaften hatte ihn über das Maß gewaltig gemacht, ihm eine Art der Persönlichkeit gegeben. Er war geradezu ein Theologe des Lasters geworden. Die Spötter, die nach dem Licht, nach der Sonne verlangen, kannte dieses Schwein nicht, denn es lebte in einer eigenen einsamen Wissenschaft. Nie hat es einen Stern gesehen, nie auch ein anderer den Stern Benjamins.

Jahrzehnte waren vergangen, seit der »Violette Affe« anfing, gute Zinsen zu tragen. Erst hatte er bunte Glasfenster gehabt, und rosige Rüschen hatten die wie mit der Brennschere gekräuselten, zierlich biedermeierlichen Vorhänge geschmückt. Aber längst war diese Zeit der allzulauten Äußerlichkeit vorbei. Man lebte zwar noch immer, man wurde violetter mit jedem Tag, aber stiller und unauffälliger mit jedem Jahr.

Benjamin schnupperte wie in der Bedrängnis des Liebesdurstes und warf sich aufgeregt rechts und links. Jeder, der ihn so sah, mußte in Benjamin eine besondere Seele vermuten, denn es war nicht allein Emerentia, die er liebend vermißte, die bedächtige, nachdrückliche, die keine andere Liebe hatte wie eben Benjamin, es war ein Sinn für das Außerordentliche, der ihn schnuppern ließ. Aus der Ausdünstung der Nacht heraus witterte Benjamin das Bedeutsame. Und doch war er andrerseits wie die andern Einsamen, die oft für ein Widriges stumme Entsagung tauschen. Grunzend legte er den resignierenden Kopf ins Stroh, und nur sein langes Ohr wedelte nervös in der Atmosphäre des »Violetten Affen«. Einen Augenblick mochte da Benjamin wohl überlegen, warum eigentlich in diesem Hof alles ein graues Ineinanderfließen wäre, warum nicht Fenster und plärrende Kinder in den Fenstern vom Leben zeugten, wie einst in seiner bräutlichen Jugendzeit. Warum immer diese Emerentia, mochte das Schwein sich fragen, mit ihrer triefenden Freundschaft, oder höchstens ein paar Leute, die einer Notdurft gerecht wurden. Aber das Bewußtsein ruhigen, junkerlichen Stolzes lenkte seine Gedanken rasch ab von den bewegten Bildern, es wedelte sie weg mit seinen breiten Ohren, wie Fliegen. - - - Da endlich, die Geräusche - regelmäßige, bedachte Geräusche. Viele Füße strecken sich, Schritt vor Schritt wie im Takt eines unhörbaren Trauermarsches. Kaum daß die Zehen die Bretter der Stufen berühren. Und doch, Benjamin hört und horcht.

Dann fällt ein großes Stück Fleisch, ein Klumpen mit langen Fortsätzen, die sich an den Enden wieder zerteilen, in die große Öffnung über ihm, durch die Benjamin nur selten ein kleines Stück Tag für Augenblicke genießen darf. Benjamin beschnüffelt das große Stück Fleisch und atmet asthmatisch bei einem Rundgang um die seltsame Masse. – Dann fraß er den Artisten.

Die so tief in den Tag hinein schlafen müssen, sind immer verwirrt und aufgescheucht, wenn ein Schicksal früh des Morgens anklopft. Oft haben sie nasse Wangen von der Betrübnis ihrer Nächte, und in ihrer Furcht erkennen sie, ein wie kleines Stück Tag ihnen da gereicht ist. Man findet sie an den Nachmittagen, an denen sie die Welt suchen, die ihnen vorenthalten wird, und erkennt sie an ihren Gebärden. Mitten unter den runden Bürgern weinen sie mit ihren starren Augen. Man möchte sie dann zu irgendeiner Liebe bekehren, aber man fürchtet sich vor ihren ausgekühlten Händen.

Julia war in Allem wie diese geworden. Nur selten stahl sie sich in den sonntäglichen Sommer und litt sichtlich an der Entwöhnung vom Sonnenlicht. Nur den Verdorbenen fühlte sie sich näher und der Musik in den öffentlichen Parks, die ihre Sinne flüchtig entzündete, mit den Liebesliedern und den Schlachtmarschen, welche den Tod für das lärmende Dunkel zum Tauschen bieten.

Es war ein Register stummer Geschehnisse, das Julias Leben bisher ausgefüllt hatte. Aus den dürren Zweifeln einer jungen Liebe hatte sie der Pantegan fortgejagt und zu sich hergetrieben, sie gelehrt, daß es Menschen gebe, die sehr stark und unwiderstehlich sein können, ohne zu schenken. Und sie hatte ihm das Alles zugesagt, ihm diese ganze große Furcht ihrer Seele hingelegt. Nur daß sie ihm ihren Körper nicht gegeben, bewahrte ihr die Kraft geharnischten Hasses.

Und darum liebte sie der Unbesiegte mit der Liebe jener, die ihre Welt fast ausgetrunken haben und alle Fragen ihrer Welt und alle Hindernisse, alle Höhen und Tiefen kennen und alle Spaziergänge in der Ebene, die nur mehr eine einzige, unwegsame Klippe im Schicksalhaben.

Julia ging hinüber zu ihm, – zu der Türe, die sie in der Gewohnheit der gemeinsamen Jahre täglich geöffnet und geschlossen hatte, wenn Pantegans erster Appetit seinen Schlaf ablöste. Ihre Finger waren dann noch vorsichtig, beinahe rücksichtsvoll, nur selten gleichgültig. Sie wartete gern, ja sie fürchtete sich in einer Art Wollust vor seinem Morgengruß. Ihr Wille erlöst zu werden, war in diesen Morgenstunden tot, nur in der späten Dämmerung erinnerte der Rausch der Knechtschaft an die Sehnsucht, Tagaugen zu haben, unter die vielen Fröhlichen zu fliehen, die drüben unter den Kastanien auf und ab gingen.

Und diesen Morgen hatte Julia mit noch ungeduldigeren Fingern erwartet, denn der allzustille Tag der Gasse hatte auf etwas Besonderes hingedeutet. Sie war sehr unruhig, ein paar lästige Haarsträhnen mußten sorgfältig zurückgeschoben werden, dem Gehör alles freizugeben, alle die feinen Geräusche des Erwachens, das Knistern der Bettwäsche und die ersten, fast noch aus dem Traume geflüsterten Wünsche. Aber es rührte sich nichts, kein Knistern, kein Atemzug wollte laut werden.

Da drückte sie leise den Riegel nieder. »Sind Sie krank, Cesare?«

Dann trat sie zu den unberührten Kissen hin mit einem Gesicht, das halb Erstaunen, halb Furcht war.

»Wenn Pantegan einmal nicht wiederkäme, wüßte ich, daß er tot ist. Ich weiß nicht, warum ich so denken muß.«

Sie schlug die braune Decke nachlässig über das Kopfkissen. Da fiel ihr das beschriebene Tuch auf. Sie las und faltete es nachdenklich zusammen. Ihr Gesicht war blaß, und was früher Halbes aus ihm gesprochen hatte, wich etwas Bestimmtem, einer Art Entschluß, der Tat werden sollte. Die schlaffen Muskeln des Mundes strafften sich, und die Hände führten Bewegungen aus, als wollten sie etwas fest anfassen. Sie ging zurück in ihr Schlafzimmer. Dann nahm sie das Tuch, entfaltete es wieder und las noch einmal pflichtgetreu, wie ein Schüler vor der letzten Prüfung: »Du mußt dann gleich kommen.« Und ärgerlich warf sie das Tuch wieder auf die Decke hin. – – – –»Wer weiß, wem Dein Du gehört. Es fühlen nicht alle, daß sie Dein Du sind. Ich könnte jetzt gehen.«

Aber Julia ging nicht an diesem Tage. Sie wusch das Tuch gehorsam in ihrem Waschbecken mit derselben müden Gebärde, die allen ihren Handlungen seit langem eignete, nachdrücklich, fast andächtig widmete sie sich der Wäsche, und ihre Gedanken folgten dem Fernen wie gepeitscht von einer unbekannten Macht. Ab und zu glitt ihr Blick auf die Bretter des Fußbodens hinunter, zu denen, die noch immer ihre einzige Liebe waren, jenen sanften Tieren, die vor dem Zwieback kauerten wie vor einem auserwählten Glück, deren Fell so fein war. Und Julias Finger, matt in der Entbehrung einer großen Liebe, gingen auch jetzt wieder gern über das feine, lichte, berauschende Fell der großen Nagetiere, das in den späteren Morgenstunden einen besonderen, blauen Glanz hatte.

»Ich bin noch da, Pantegan, aber es ist Nachmittag. Wer weiß, wie lange es Nachmittag sein wird.«

Dann nahm sie ihr spanisches Schultertuch, das ihr Pantegan geschenkt hatte, als einen Dank für die Erschöpfung seiner ungezählten Werbungen. Das Haar ließ sie lässig über der Stirne liegen und den weißen, widerspenstigen Nacken beschützen. So verließ sie das Haus, nur das Taschentuch, dessen Schrift erloschen war, nahm sie mit. Wie einen Talisman verbarg sie es unter den Batistspitzen des Hemdes.

Es war ein Abend, feierlich überall. Aus allen Gasthäusern, von allen grünen Plätzen her riefen die Klarinetten und der Dudelsack dieses Volkes, das nur einer einzigen menschlichen Gebärde imstande ist, der Musik und des berauschten Tanzes. Und Julia ging noch schneller, weil sie sich vor so vieler Freiheit fürchtete – die Alleen entlang, durch die Baumschulen, an den wilden Gärten vorbei, hinter den Reitern und Wagen her in den großen Park.

Über den Rododendron und Azaleenbeeten, über Geranium und blühenden Purpurnelken versäumte eine neugierige Sonne die Stunde des Untergangs. Ein breites, ruhiges Rot war da, nur an den Rändern der riesigen Flächen lüstern bewegt. Julia starrte in die Blütenmasse hinein wie in den zitternden Spiegel eines seltsamen Gewässers, und ihre Sinne flackerten wie vor den Offenbarungen einer kommenden Kraft. In den Kronen der Platanen lärmten die Finken und Meisen zu Trotz den Trompeten und Violinen. Immer tiefer schien dieses Meer kaum entschleierter Genüsse zu werden, bewegt von Gesängen, offen den Erscheinungen und Fährnissen, eine bebende Frage, ein jüngstes Gericht.

Der Kandidat erquickte sich mit frischen Bretzeln, die man ihm in einer unverständlichen Sprache feilbot, denn er war noch fremd in der Stadt der Kreizari. So nannte man die Scheidemünze. Er lächelte als Antwort in seiner Sprache und bot ein Kupferstück. Die Bretzelfrau grunzte einen Fluch, weil der fremde Kandidat nicht überzahlt hatte. Aber der Kandidat lachte jetzt noch einmal, und diesmal ganz verständlich. Und er würgte nachdrücklich und genießerisch an den schmackhaften Bretzelbrocken. Dann gingen seine Blicke hinüber zum Himmel. Das Gesicht des Kandidaten erschien vielleicht ein wenig dumm in diesem Augenblick. Er stand zwischen dem Teich der fremdartigen Schwimmvögel und dem Riesenviereck roter Blüten. Die Sonne saß noch immer über den dunkelgrünen Platanenkronen und blendete die jungen Schwäne, die sich hungrig an das Ufer des Teiches in die Nähe des Kandidaten drängten.

»Der Himmel ist tief«, lachte der Kandidat zwischen zwei Bretzelbrocken, »und das Leben ist ein schiefes Brett, auf dem wir Kandidaten der Ewigkeit hinaufklettern müssen, um uns von den Zweideutigkeiten der Erde hinweg und nach Aufwärts zu entfernen. Unsere Schenkel spüren zwar die scharfen Kanten des Brettes, und wenn wir ausruhen wollen, müssen wir den Allerwertesten den schiefen Ebenen anvertrauen. Aber dazu sind wir eben Kandidaten.« Und er lachte noch einmal verschmitzt zwischen den Bretzelbrocken zu so selbständigen Gedanken, und dann blickte er hinüber über das flammende Gewirr der Blütenbäume. Die Farbe der roten Blumen wärmte ihn mehr als die kühlen Strahlen des letzten Abendlichtes, die von den Kelchen begehrlich aufgesogen wurden. Er wühlte mit seinen Gedanken zwischen den Pflanzenkörpern, und unkeusch tasteten seine Sinne über jeden Blütenkelch. In diesen Gedanken war es ihm, als ob sich die Blüten warm anfühlen müßten, wie einst ab Kind den jungen Nestvögeln ging er ihnen mit seiner Phantasie zu Leibe und begehrte sie Zwischen den Fingern zu liebkosen. »Unendliches Entzücken«, dachte der Kandidat pathetisch, »wenn ihr Fleisch werden könntet, wie Magdalenas Fleisch.«

Sein Kopf war voll der Bedingungen der Sünde, eben als er Julias schmale Silhouette jenseits des Bosketts bemerkte, und ehe er zu Endurteilen kam, liebte er schon, rasch wie ein Kandidat im verspäteten Frühling.

Er schlich langsam an den hungrigen Schwänen vorbei, fast allzulangsam für einen Liebhaber, und er gab der flachen Erscheinung drüben mit seinen Sinnen Plastik und rief sie mit Gedanken und Empfindungen, die schneller waren als seine Schritte.

»Guten Abend, Sennora, Ihre Körpergrenzen sind wie mit einem scharfen Instrument in eine harte Platte eingeritzt. Ich erinnere mich an das Beste des Riberra. Leiden Sie?«

Seine vom Abend erregte Stimme zitterte dieses Geständnis.

Aber Julia antwortete nicht. Nur daß sie an seiner Seite blieb, war vielleicht eine Antwort. Während er an einer Verwirrung litt, die seine Rede karg machte, wurde ihre Seele wie von einer Brandung auf- und niedergeworfen und strandete an fremden Gestaden.

»Sennora, Sie schweigen, und ich werde vielleicht zurückkehren müssen und die Schwäne füttern. Oder ich muß mich fortschwemmen lassen von der Gemeinheit, die sich hier begeistert.«

Sein Ohr folgte den Geräuschen der Musik, den Tonmassen, die sich wie Staubwolken in das Laub der riesigen Rüstern emporhoben.

»Reden Sie doch, Sennora!« Sein Gesicht war noch breiter geworden, sein Mund schien noch geöffneter zu Erläuterungen.

»Die Musik vergiftet mich, Sennora. Reden Sie ein Wort, das uns Beiden die Musik überflüssig macht – oder kommen Sie mit mir. Ich weiß einen Baum im Garten.«

Der Kandidat berührte Julias Arm. Ihr Fleisch zitterte, als er sie an den Baum führte. Aber auch diese führenden Finger des Kandidaten waren noch sehr unruhig.

»Kommen Sie, kommen Sie, ehe die Plebs uns hinwegschwemmt. Sehen Sie die vielen Köpfe in den Geräuschen dieser miserablen Trompetenkomödie hin- und herbaumeln wie eine Menge bestaubter Pagodenköpfe. O, die Pagoden, soll man sie nicht hassen? Ich liebe nur die Menschen, die ihrem Jahrhundert alles vorwegnehmen. Kommen Sie, wir müssen plaudern und einander anrühren – mit den Seelen, Sennora, so anrühren.

Julia horchte den verwirrten Klängen nach, zwischen die sich seine Worte drängten, und den Melodien, die er mit seiner Stimme zerschnitt. Aber es war nicht die Stimme Pantegans, die immer befahl, peitschte und niederwarf, das fühlte sie. Während sie diese Stimme verachtete, warb sie zugleich, und sie verachtete immer das Andere, während sie das Eine an sich zog. Und darum wagten sich Julias Augen zu ihm und erkannten, daß der Kandidat sehr blond war. Er hatte langes, schütteres, blondes Haar. – – – – –

»Ich will, daß die Frau in Ihnen erwacht, ich will Sie als Frau sehen. Es sind so viele Weiber an mir vorübergegangen, wie schmutzige Musik. – Sehen Sie, dort ist mein Baum ...«

Der Kandidat deutete auf eine Weide im Nebel der Ferne, jenseits einer weiten, kaum gepflegten Wiese. »Hier ist der Park zu Ende, und das Land fängt an. Denken Sie sich die Musik weg und die Leute, und sehen Sie nur das Land, in dessen Mitte unser Baum steht.«

Die Musik drüben hörte auf, und man sah die Leute nach Osten drängen. Auch die roten Wege im Innern des Gartens wurden leerer. Ein Windstoß hob die Äste der Platanen auf, daß sie wie die schwebenden Flügel der schwarzen Schwäne sich bewegten.

»Sie müßten Bertha heißen«, begann der Kandidat wieder. Seine Stimme war fester und klarer geworden. Nur daß er den runden Giradi noch in der Hand behielt, verriet einen Rest Unsicherheit. – »Für mich, Sennora, müßten Sie Bertha heißen. Hören Sie die wilden Gänse da oben?«

Ein Heer wilder Gänse rauschte vorüber.

»Hören Sie sie schreien? Dieses Volk hat Wintersorgen, allzufrühe Wintersorgen. Sie kommen aus meiner Heimat. Es scheint dort drüben früh Herbst geworden zu sein.«

»Sind Sie ein Fremder«, fragte Julia und sah auf den runden Strohhut des Kandidaten hinunter, der noch immer zwischen den schüchternen Fingern hin und herbaumelte.

»Ja, ich bin Hörer der Sprachkunde und komme aus dem Norden«, sagte der Kandidat, und sein blonder Predigerkopf nickte verlegen zu dieser Aufklärung.

»Ja, Sie sprechen so eigentümlich, ich glaube Sie schreiben Bücher.«

»Meine Gnädigste, reden wir nicht vom Bücher schreiben«, stotterte der Kandidat noch verlegener. »Das Bücherschreiben ist müßig und die Sprachkunde langweilig und die Gotteswissenschaft verlogen. Lassen Sie uns Bäume finden.«

Die Gänse schrieen noch einmal auf in der Ferne, und der Kandidat faßte den Arm Julias fester und versuchte sie an sich zu ziehen.

»Ich danke Ihnen, daß Sie jetzt gesprochen haben, in diesem Augenblick gerade, da ich so traurig war, weil die Gänse schrieen. – Ich bilde mir ein, daß hier alles viel wärmer ist, ich will hier bleiben bei Ihnen.«

Er zog sie auf die Bank nieder unter der Weide. Julia fühlte sein Blut, und ihre Fragen kamen zu ihm wie hungrige Tiere, die man liebt und im Eifer der Güte füttert.

»Es muß Ihnen etwas sonderbares geschehen sein, Bertha. – Ich würde es fühlen, wenn ich Ihre Stirne küssen dürfte. Ich würde es genießen, das Sonderbare – etwas ganz Großes oder Infames oder Weltfremdes oder Einziges. Ich muß ein Wort in Ihnen finden, das Sie mir ganz gibt. Sind Sie sehr unglücklich!«

Und der Kandidat küßte Julia hinter dem Gitter der Weidenzweige, zwischen denen das letzte Licht leuchtete.

Ein düsterer Himmel drückte auf das Gemüt des Kandidaten, als er die nächsten Tage mit Julia feiern wollte. Aber immerhin war er bereits ein Freund der Lemminge geworden und kannte schon einige Entredeux, die Julia in der Nachmittagssonne genetzt hatte. Er verglich die Erwählte mit Penelope, die ihre Liebe einer dunkeln Hoffnung anvertraut hatte.

»Sie sind entzückend, liebe Berta, Sie sind wie eine Auferstehung, wenn Sie so zwischen den Geschöpfen Ihrer Liebe gehen. Es tut nichts, daß sie gelitten haben, Ihr Gespinst ist mit sehr viel Andacht geschaffen. So müssen Penelopes Maschen gewesen sein, so durch einen Handgriff leicht lösbar, eine wundervolle Täuschung.«

»Ja, Herr Erich, zerreißen wir alles, zerreißen wir es, es liegt nichts daran, wenn etwas von mir zerrissen wird ...«

Der Kandidat griff nach einem Glas Dalmatiner und schluckte verlegen einen sauren Tropfen.

»Aber hören Sie, Berta, vielleicht ist es besser, die Knoten fester zuschnüren und auf die garten, lösbaren Gewebe der Treue zu verzichten.« Und er suchte die vielen Empfindungen, die sich ihm aufdrängten, in Gedanken umzuwechseln. –

.... »Berta, Ihr müßt Euch verändern, Ihr müßt die Knoten fester ziehn und biedere Gewebe für die neue Liebe netzen.«

»Helfen Sie mir, Herr Erich. –«

Der Kandidat ging nervös und nachdenklich auf und ab, als suchte er etwas über den Mustern der zerrissenen Teppiche. »Das Schicksal wird uns helfen, Julia. – Aber höre, Julia, Dein Wirt hat schöne Perser, Du mußt kein Gesindel hier empfangen.«

Julia trat an das Fenster neben die vergilbten Batistlappen, durch die der Pantegan alles besehen hatte, war sein Wille der Gasse aufgedrängt, die lauten Verwirrungen, die Gebärde und das Geschrei der Händler und Beschützer, die Liebe und den Mord und alles das ...

Der Kandidat nippte wieder an seinem Glas Dalmatiner. Sein schütteres, schlohgelbes Haupthaar bewegte sich unter der Einwirkung eines elektrischen Stromes – und er lächelte. Auch fürderhin schien es bei diesem Kandidatenlächeln bleiben zu wollen. Das Ende aller ihrer Zusammenkünfte war immer dieses blonde Lächeln. Alle Spaziergänge, alle Sonnenuntergänge segnete er damit. Blaß wie die späten Blüten der Vorstadtgärten war alles geworden, die Seelen und die Hoffnungen der Seelen. Nichts war da mehr von den glühenden Beeten des ersten Abendrausches, und keine Tat der Liebe stritt dem Pantegan seine Macht.

So war der Kandidat aus einem Prediger ein ernster Freier geworden. In der dunkeln Gasse neben all ihren Gedächtnissen stand er mit seinem blassen, blonden Freierlächeln und wartete auf ein biederes Wort aus der Heimat.

Die große Stille in den Gemächern und die stummen Freiheiten des Alleinseins schienen alles zu erweitern, gefügig und bereit zu machen und die Dinge auszudehnen wie eine laue Flut. In der Hoffnung großer Erlösungen warteten die vier Augen auf irgend eine Hand, die sich einmal plötzlich aus der Dämmerung hervorrecken müßte, auf die Hand irgend eines Geschickes, die den Schlüssel all diesem Letzten, Stillen, Geheimnisvollen hinreichen würde. Überall klafften die Türen, die sonst immer so dunkel verhangen waren in Pantegans Tagen, und über die zernagten Perser trippelte das behagliche Geschlecht der Lemminge.

Julias Seele ruhte aus von dem Zwang der Härte, und auch ihre Seele löste die laue Flut des Friedens. Nur selten fühlte sie sich angefaßt und umklammert, wenn irgendwo eine Uhr schlug oder die Glocke ging. Dann zuckte ihr Gesicht, und sie sprang auf, um in ihr Schlafzimmer zu laufen und irgend etwas zu suchen, was noch vergessen worden war.

»Du bist ein glückliches Weib, Julia, weil Du den Sinn für Pflicht und Verantwortung so in Dir nährst und ihn so scharf empfindest.« Und er lächelte wieder, blond, breit und satt wie nach einem Frühstück. Und mit seinem Kandidatenlächeln kehrte auch die Stille wieder Zurück, die von einer flüchtigen Welle gestörte Ebbe des Lebens.

Drüben in den Laubgängen des großen Gartens rüsteten sich die Wandervögel, die südlichen Enten schlugen fröstelnd mit den Flügeln und man begann Schutzhütten zu bauen für sie am Teich.

»Wir wollen im Herbst auf- und abgehen, Julia. Ich bin eigentlich ein herbstlicher Mensch. Ich will den Herbst wieder einmal ganz für mich haben, das heißt, ich will ihn Dir zeigen, ihn Dir erklären.«

Und sie gingen den Weg zum Baum hin wie am ersten Tag. »Siehst Du, Julia, jetzt ist unsere Weide noch viel schöner. Im Frühjahr war sie voll Bienen und gefräßigem Käfervolk, jetzt erscheint sie still und nachdenklich müde. Wir wollen noch eine Weile hier warten. Ich finde diesen herbstlichen Baum so verständig und mütterlich. Ich denke, hier müssen wir alle unsere Geheimnisse loswerden.«

Das Gesicht des Kandidaten stand breit offen allen Geständnissen, wie jene Türen in Pantegans Haus, die nunmehr aufgerissen waren und zwischen denen die laue Flut des friedlichen Müßigganges leise auf- und niederbebte.

»Eine lange Ebbe muß dann kommen und wir werden die Segel einziehen nach all der Flut und den vielen Gewittern. Nach all dem was wir uns noch sagen müssen, wird uns dann Ebbe gegeben werden.«

Julia suchte verwirrt in den Vertiefungen des zerscharrten Sandweges.

»Es ist vielleicht ein Siegel auf manchen Seelen, Erich, und keiner darf daran rühren, nur der Eine, dem es gehört.« Ihre Stimme klang unsicher, fast aufgeregt, und doch dumpf und farblos.

Der Kandidat stutzte, sein Lächeln schien straucheln zu wollen, und eine tiefe Falte bildete sich in den rasierten Backen.

»Ich kann Dich nicht verstehn. Es ist mir die Luft hier zu ruhig. Ich höre jeden Vogel, der vor dem Einschlafen singt, und jeden Spanner, der geräuschvoll flattert, und vor allem das, was in mir selbst spricht. Es lenkt mich hier alles ab. Komm, wir wollen lieber in Deine Zimmer zurück. Dort sagst Du mir, was noch Letztes zu sagen ist.«

»Ich schreib es seit Jahren auf, lieber Erich. Ich war noch ganz klein, da konnte ich schon schreiben und schrieb alles auf. Ich habe das ganze Schicksal aufgeschrieben, und an alle habe ich gedacht, die neben mir waren, an die Geburten und die Begräbnisse. Weißt Du, Erich, manchmal glaube ich, daß ich schon tot bin, und dann komm ich mir so klug vor.«

Es war diesmal ein langer Weg, dieser rote Sandweg durch den Park, fortgesetzt durch die graue Straße mit ihren Laternen, der Weg, der zwischen dem Schweigen und den Geständnissen lag.

Aber wie viel Julia auch von ihrem Schicksal eingestand, sie verstand es dennoch, den Kandidaten an den Zerwürfnissen ihrer Seele vorüberzuführen. Und auch als sie den Rest der Blätter, die sie vor

Pantegans Augen gerettet hatte, vor ihm aufdeckte, vermochte er kaum Anderes zu ergründen als Kindheitserinnerungen. In dem ungeschickten Gekritzel der Kinderhand wie in der gehorsamen Schrift des Mädchens eilten die Geschehnisse wie flüchtige Lieder.

»Ich muß Dir jetzt die Augen zuhalten, Erich.« Und der Bräutigam-Kandidat bog seinen Nacken und ließ sich gefügig die kühlen Finger über das Gesicht legen. Begehrlich streichelte er die Innenflächen dieser weichen, kühlen Hände mit seinen Wimpern, und der Rest Nachdrücklichkeit und ehrenhafter Männlichkeit des Wesens mußte aus der Situation flüchten.

»Da ist eine Stelle für mich ganz allein gewesen, Erich, beinahe eine Dummheit«, lächelte Julia, blätterte schnell und befreite die Kandidatenaugen von den kühlen Fingern, die wieder zurückgingen zu den Liedern des Erlebnisses.

»Hier ist der erste Tag. Hör, Erich, wie dumm kleine Kinder sind. Ich möchte ein Kind haben, das schreiben kann und so dumm ist, wie ich war. Sieh doch die Buchstaben – sie sind selbst alle wie dumme Kinder und haben Zappelbeine.«

Der Kandidat durfte dann das Blatt einsehen, und es wurde ihm warm bei dem Gedanken, seine Liebe vielleicht einmal fleischlich erweitern zu dürfen. Es war das erste Mal, daß er sich als Erzeuger fühlte, und daß von Kindern gesprochen wurde.

Julia las; ihre Stimme veränderte sich, ihre Augen und Lippen schienen sich als Verräter zu fühlen und wurden unsicher.

»Du sollst Dich nicht schämen, Julia«, – der Kandidat flocht eine gemütvolle Gebärde ein – »alles, was in Dir geschehen ist, wird ein Gesang in Deinem Mund. Du hast eine Kirche um Dich gehabt. Und nur weil Du so viel Arme und Elende in Deiner Kirche gesehen hast, bist Du manchmal traurig gewesen.«

Der Kandidat rückte einen Stuhl zurecht und schloß die Augen in der Gebärde der andächtigsten Zuhörer.

»Also der erste Tag, Erich.«

Die Sonne sitzt auf meinen Händen. Ich habe ihr ein Bett gemacht, sie ist sehr schön und leuchtet. Draußen sind viel Blumen, ganz viele, und über den Bäumen fliegen Mücken und Schmetter-

linge, weiße und schwarze und gelbe und rotgetupfte. Die Mutter
ist auch da. Aber sie sagt nichts. Sie ist so wie die Mutter in meinem
Bilderbuch, dort wo die letzte Geschichte aufhört. Es ist ein kleines
Bild hinter dem letzten Satz, ein Bild von einer Mutter, und das Bild
hat die Augen zu.

Ich möchte gerne meine Mutter fragen, warum die Sonne so
warm und so gelb ist. Ich weiß doch, daß die Mutter auch manchmal ein Bett für die Sonne macht, wenn sie allein dasitzt. – Aber ich
will doch lieber nicht fragen, weil die Mutter so still ist wie in dem
Bilderbuch am Ende und weil ich mich fürchte.

Jetzt ist Sonntag. Vielleicht sind zu viel Menschen bei uns, und
einer hat einen ganz langen schwarzen Bart. Der ist wohl ein Fürst
oder der Kaiser. Er hat einen langen schwarzen Rock und erzählt
immer vom lieben Gott.

Und dann gehen wir hinaus mit dem Herrn, der den langen Bart
hat und immer vom lieben Gott spricht.

Ich möchte gerne wissen, wer der liebe Herr Jesus ist und der
Kaiser und warum unser Herr einen langen Rock hat und ein
schwarzes Buch in der Hand. Am Weg steht eine Bettlerin, die singt
ein Lied. Sie hat eine heisere Stimme, und die Vögel lachen sie aus,
weil sie eine heisere Stimme hat. Ich sage es meiner Mutter, und die
Mutter sagt, es wäre dumm, die Vögel könnten nicht lachen. Ich
weiß aber, daß es doch wahr ist, daß die Vögel lachen können, und
daß die Bettlerin nicht singen und nicht lachen kann.

Der schwarze Mann geht mit uns in die Kirche, und die Bettlerin
läuft hinter uns her. Meine Mutter weint, ich weiß nicht warum,
aber ich glaube, daß Mütter oft weinen müssen oder ganz still sein,
wie es in meinem Bilderbuch gemalt ist.

Ich setze mich ins Gras und denke nach, warum wir eigentlich
arm sind. Ich möchte lieber ein Schmetterling sein. Der Graf bei uns
hat sich ein neues Pferd gekauft und reitet auf dem Pferd. Es ist ein
ganz weißes und schleppt seinen Schwanz hinter sich her wie ein
weißes Tuch. Der Graf sieht mich an und lacht und zeigt auf sein

neues weißes Pferd. Der Graf spricht zu mir. Ich hab' es nicht verstanden und seh nur, daß er von seinem neuen Pferd herunter steigt. Und er nimmt mir meine weiße Sternblume aus der Hand und hebt mich auf das Pferd. Er hält mich fest, und ich fürchte mich. Aber ich freu mich doch, daß ich so hoch bin und reiten kann.

Der Graf führt das Pferd weiter durch die Bäume, ich sitze darauf und der Graf spielt mit meiner Blume. Er zupft ihr die Blätter nicht ab, wie die andern Leute von den Sternblumen, er hält sie nur immer in der Hand und dreht den Stiel. Ich schaue über das Pferd hinüber auf den Turm. Ich bin so hoch, und das Pferd ist so schön.

In dem Turm läutet der Küster Mittag. Wir reiten zu meiner Mutter, und dann sind wir da. Das Pferd und der Graf bleiben draußen stehn, weil das Pferd zu groß ist. Vielleicht ist der Graf der Kaiser oder der liebe Jesus.

Dann geh ich hinein. Meine Mutter schläft. Sie hat sich eine Kerze angezündet. Ich traue mich nicht hin, weil sie so still ist, wie eine Tote. Ich lösch die Kerze aus, weil doch schon Tag ist und die Sonne scheint. Dann geh ich wieder zu dem Graf und sag ihm, daß meine Mutter schläft. Der Küster läutet noch immer, und der Graf steht ganz still neben dem weißen Pferd und hat die weiße Sternblume in der Hand. -- Und ich frag ihn, ob er der liebe Jesus ist. Aber er hat nichts gesagt und ist wieder fortgeritten. Da ist mir so bange nach ihm. Ich kriech zu meiner Mutter ins Bett, die ist ganz kalt.

In der Kirche ist es jetzt Winter, und die Blumen hier in der Kirche sind ganz kalt und hart – wie aus Eis. Schmetterlinge und Vögel fliegen nicht in die Kirche hinein, und der liebe Gott ist fast immer allein. Nur der Herr Geistliche kommt zu ihm und sagt ihm dann etwas ganz leise hin, bis er es versteht.

Auch der Herr mit dem langen schwarzen Rock ist nur ganz selten da und sitzt in der Bank. Man sieht seinen Kopf nicht, weil er weint oder in seinem Buch liest. Ich glaube aber, er liest nur in dem Buch. Ich kann ihn nicht leiden, weil ich zu viel Angst vor ihm hab und weil er damals wie ich geweint habe, gesagt hat: Gehe hin, mein Kind, deine Mutter schläft.

Draußen um die Kirche herum ist ein großer weißer Garten. Der ist wohl das Bett, wo meine Mutter drin liegt. Warum schläft sie immer?

Der schwarze Herr kommt aus der Kirche heraus und schaut mich an. Sein Gesicht ist gelb und häßlich, und er sagt zu mir: Pflück nichts ab, mein Kind, die Lilien hier sind Gottes Lilien.

Und er geht wieder von dem Bett fort, wo meine Mutter schläft. – Ich möchte gern Schmetterlinge fangen und sie in der Kirche auslassen, damit sie sich auf die gefrorenen Blumen setzen. Wenn ich noch den Strohhut hätt von meiner Mutter und noch Sommer wär, könnte ich ganz alle Schmetterlinge fangen, die wo auf dem Bett von meiner Mutter sitzen.

Dann geh ich wieder zur Türe von der großen Kapelle. Da riecht jetzt der Rauch und der Herr Geistliche küßt auf das große Buch. –

– – – Draußen in dem weißen Garten aber reitet der liebe Jesus auf einem weißen Pferd – – – ich bin ganz still und rühr mich nicht. Er ist groß wie ein Graf und lacht so freundlich und das Pferd geht sehr leise und langsam, damit es meine Mutter nicht weckt. Aber ich hab jetzt keine weiße Blume, weil es der schwarze Herr nicht will. Der liebe Jesus lacht mich doch an und reitet über das weiße Bett wo sie meine Mutter hingelegt haben.

Ein Fink singt in der Fichte vor dem Haus. Der schwarze Herr geht vorüber, aber er ist nicht mehr so schwarz wie früher. Seine Haare, sein Bart, sein Rock und sein Schirm sind ganz grau geworden. Er droht mit dem Schirm zu mir herüber, weil ich im Garten vor dem Haus sitze und nachdenke. Die Buben schreien: »Der Idiot kommt!«, wenn der Herr so spaziert. Dann spuckt er aus und geht weiter.

Dieses Jahr ist so verregnet. Ich muß immer denken, daß das Leben viel zu lang ist, und es gibt zu viel Geburtstage, immer einer nach dem andern kommt, immer noch einer. Der Fink ist weggeflogen, der hat sich vielleicht eine andere Fichte im Schloß gesucht, da singt er jetzt. Aber der Herr Graf ist nicht mehr zu Hause, und der Herr Jesus auf dem Schimmel hat sich vielleicht irgendwo verirrt.

Nur der alte Herr und der Regen sind noch da, und überall droht einer mit dem Regenschirm nach mir. Heute bin ich sechzehn.

Ich möchte alles los sein, das Haus mit dem nassen Dach und die Fichte und das Gespenst mit dem Regenschirm.

Drüben, ganz drüben ist eine Stadt, der Fink weiß wo, abends fliegt er sicher hin und lacht mich aus, wenn der graue Herr mit dem Schirm droht.

Ich bin so traurig, weil ich alles nicht dürfen soll. – Ich könnte eigentlich am liebsten in die Stadt fahren und fragen, wo der liebe Jesus hingeritten ist. Die Menschen in der Stadt haben alle ganz große Augen und dürfen alles dürfen.

Gute Nacht, liebe Buben, gute Nacht, lieber Fink.

Der Fink ist fortgeflogen, und der Idiot will auch nicht mehr kommen. Die Buben spielen im Bach, mit ihren kleinen Füßen machen sie sich kleine Flüsse und kümmern sich um nichts mehr hier. Ich möchte sie gerne wieder schreien hören. Sie sollen schreien: »Der Idiot kommt«. Aber der Bach ist ihnen lieber, und der Regen spielt mit ihnen. Er hat ihnen das Haar verschwemmt, und ich hör sie lachen. Alles ist sonst so still, und nur die Regentropfen schlagen auf das Blech.

Da klopft einer. – – –

Der Fremde spielt mit meiner Tante Schach. Sie lachen sich verdorben an. Sie gefallen mir nicht alle Beide, drum gehe ich ans Fenster, als wollt' ich den frechen Fink suchen.

Etwas Weißes bewegt sich in den Feldern drüben. – – – Da sagt der Fremde: »Schach dem König.« – Ich möchte ganz laut aufschreien, aber der Fremde hat schon längst meine Stimme erwürgt.

Gute Nacht, lieber Jesus.

– – – – – – – – – – – – – –

Und doch ist heute alles so hell geworden, ich weiß nicht, warum. Der liebe Gott reitet vielleicht durch die Dörfer, es ist so schade, daß ich mit dem Fremden wegfahren muß. Wer kann wissen, wo ich hinfahre. Es ist kalt, meine Hände sind wie erfroren. Der Fremde lacht mich an. Ja, ich verstehe ihn schon. Die Hunde bellen gegen mich, sie sehen, daß ich fortfahre, und ich streue das Reisebrot zu ihnen hinunter. Sie fressen es aber nicht, und da faßt mich der Fremde an der Hand und küßt mich auf den Mund. Er will, daß ich ihn auch küssen soll, aber ich schäme mich, und mir ist so kalt.

»Schämst Du Dich vor den Hunden da?« fragt er.

Aber ich sage nichts und sehe sie alle an, wie sie neben mir herbellen und so jämmerlich sind und so elend. Ich weine, und der Fremde legt seine Hand auf meine Kniee. Da kehren die Hunde um, und ich sehe sie nicht mehr.

— — — — — — — — — — — — — —

Mir ist so, ab ging ich zum letzten Mal zur Kirche. Er ist immer neben mir, der, und redet mich an mit seiner fremden Stimme. Er flüstert, aber seine Worte stechen in die Haut, wie die Stacheln von einer groben Bürste. Es ist so, als ob lauter Blut über mich hinunterrinnen würde. Auch in der Predigt bleibt er neben mir. - - -

Oben auf der Kanzel schreit der Pfarrer: »Folget ihm nach, folget ihm nach. Es ist nichts Leuchtendes mehr in uns, selbst das Stirnband der Opfernden ist getrübt vom Blute jener, die erkannt haben. Der Tod hat einen Tempel gebaut und will das ganze große Wesen beherbergen. Ich weiß, wir sind nur gekommen, weil uns das Weltall zu schwer geworden ist, das wir so lange auf unseren ungerechten Händen gewogen haben. Seht ihr ihn, da geht er, da ist seine Fußspur, folget ihm nach, folget ihm nach.«

Der Priester auf der Kanzel gießt noch immer mehr Worte über meinen Kopf. Ich verstehe ihn nicht. Aber er hat weiße, kühlende Hände und legt sie auf mich hin, und die Worte, die ich nicht verstehe, streicheln doch meinen Leib. Ich sehe ihn nicht mehr, ich sehe nur dieses eine Bild, das immer in meinem Herzen ist, immerzu. Da ist es und leuchtet mit seiner ganz, stillen, unsäglichen Pracht:

Der Wald ist geöffnet, eine Halde liegt im Licht. Der große Graf reitet zwischen den gefallenen Stämmen und dem Farrenkraut und den Brombeersträuchern. Ein Dorn hat den Fuß seines Schimmels geritzt, der weiße Reiter steigt ab und wäscht das Blut von der Fessel. Das ganze Land ist von kleinen Birken eingesäumt, und blaue Blumen recken sich über das Kraut empor. Das Pferd wiehert, als spräche es den Reiter an, und sie gehen beide in den Wald zurück.

Wolken und Sterne necken einander am Himmel oben, ein Berg klettert zu den Sternen hinauf, und sie empfangen ihn. Und Pferd und Reiter wissen ihren Weg über den Berg. – –

Aber da erwache ich wieder, der Schwarze flüstert neben mir, und es ist alles wieder entsetzlich dunkel und still. Nur der Pfarrer oben schreit und peitscht mit seiner Stimme die Verstockten: »Folget ihm nach, folget ihm nach!«

– – – – – – – – – – – – – – –

Der Kandidat stand auf und drehte sich eine Zigarette: »Liebe Julia«, sagte er und strich mit einer Hirtengebärde über ihren Kopf, »Du mußt auf dieses Wunderbare verzichten und es nicht zwischen dem Dunkel so groß ziehen. Man stirbt an den Wundern.«

»Glaubst Du, Erich, daß ich sterben muß, wenn ich ihn seh? Ich sehe ihn doch, da ist er ja...« Ihre Augen wurden ganz groß, und der Mund weitete sich wie zu einem Gesange der Anbetung.

Der Kandidat setzte ein pikiertes Lächeln an. »Bin ich denn nicht mehr bei Dir, Julia?«

»Bist Du da, Erich? Erich, wenn aber Er kommt, der Andere, wirst Du ihn denn anschauen können, den Schwarzen mit den harten Händen? Und wenn er Dir den Arm zerdrückt, wirst Du dableiben wie die Hunde, die so gebellt haben? Kannst Du reiten, Erich? Weißt Du, wo der Berg ist?«

Der Kandidat ließ das beleidigte Lächeln fallen und entzündete eine Kerze auf dem Tisch. Da klopfte draußen Einer. Der Kandidat wollte aufspringen.

»Ein Bote, Erich, warte, es ist nichts, laß nur.« Sie ging um zu öffnen. Ihre Glieder zitterten. Eines der kleinen braunen Tiere schlüpfte neben ihren Röcken durch die Glastüre und huschte in den Hinterraum. – – –

Dann kam sie wieder. Ihr Gesicht schien älter geworden zu sein in den Augenblicken dieser aufgeregten Dämmerung.

Der Kandidat saß ruhig, aber seine Pulse gingen laut.

»Wir wollen lieber im Dunkel sitzen, Julia«, und er löschte die Kerze wieder. Etwas Schwarzes kroch zwischen ihnen über die zerschabten Teppiche.

»Ich glaube, wenn Du diese Erscheinungen opferst, Julia, wird Deine Stimme laut und warm werden. Das Leben hat Dich ja schon aufgeweckt.« Er wollte noch etwas hinzusetzen, aber die Gedanken verwirrten sich ihm, und er litt sichtlich an dieser Verwirrung.

»Wir sind nicht so allein, Julia, meine Heimat wird doch endlich antworten.« – – –

An allen Wänden kletterten Schatten hinauf. – – – »Du bist sehr schön, Julia, aber es schweigt etwas in Dir, das als Häßlichkeit neben Deinen Erlebnissen lungert. Gib mir nur dieses eine Wort noch, dieses dunkle, hin, damit ich das Licht anzünden kann, in dessen Schein wir leben können. Sag mir, wer ist dieses Wesen, das zwischen uns kriecht, wer ist dieses Tier, das Dich mir verdirbt?«

Julias Augen waren noch weiter und leuchtender geworden in der Dunkelheit. »Ich fühle heute so sehr den Herbst«, begann der Kandidat wieder, »so sehr viel Herbst. Julia, lies mir nicht mehr vor, sag mir nur alles nebenbei. Ich werde ihn schon abschütteln, wenn mich einer am Arme faßt.« Er zündete dann die Kerze wieder an und sprach sich in einen Rausch der Tapferkeit hinein, alles an ihm schien Widerstand. Er blies den Rausch durch die Nasenlöcher, zwei deutliche blaue Rauchspiralen. Wie ein junger Scholar, dem eine Mensur winkt, stand er da, seine Augen hatten einen kindischen Trotz und sagten: Ich müßte ja nicht, denn ich bin zu klug, aber ich kann auch mehr als klug sein.

Julia sah nur die Rauchspiralen im Dunkeln, die sich wie Schalltrichter vorn und hinten weiteten. Und die Stimme des Kandidaten summte durch diese Rauchspiralen. Aber für Julia ertrank sie in den Kirchengesängen und predigenden Stimmen der versunkenen Erinnerung. »Folget ihm nach, folget ihm nach!« schrie es von einer unsichtbaren Kanzel her. Der Lichte ritt in die Ferne, und auch der Dunkle stand wieder da. »Wem ruft ihr?!« und dazwischen wieder die Musik und die wimmernden Stimmen vieler Gläubigen. »Wessen ist die Messe? Die Guten und die Bösen wandelt es an, die Stillen und die Lauten, die Lichten und die Dunkeln. Wer geht dahin, wer kommt uns zurück? Betet, betet! Wer ist da um auszuruhen?

Würgt sie nieder, die sich ausruhen, und betet und folget nach.« – –
– –

Die Worte sprangen wie zerstäubte Funken vor Julias aufgerissenen Augen, jedes ein Weg, jedes eine Verwirrung. – – – – –

»Du mußt Dich aufraffen, Julia.« Es kam wie eine Stimme durch die schwingenden Rauchtrichter. »Du mußt das Leben anhören, wir müssen horchen, alle müssen wir aufhorchen und uns der Vergangenheit entledigen. Laß Deine Kirche da drüben – ite missa!« Der Sturm stürmte sich über die Platanen hin und zerzauste die letzten Geranien im Park. Auf den nackten Ästen trotzten ihm nur noch einige Dohlen, die um einen toten Vogel feilschten. Von den Hügeln her rollten große Massen Staub und verdarben die Rasenplätze. Abgestorbenes Laub hob sich in riesigen bunten Trichtern, und die roten Sandwege streckten sich wie zerfleischte Arme in die Dämmerung hinein. Bis in die Gassen der Stadt wälzte sich das Gewirr entwurzelter Dinge – Erde, Laub und Fetzen, die der Sommer vor dem Stadttor hatte liegen lassen, dazwischen bekritzelte Bogen und bunte Lappen, Abfälle alles Lebendigen...

Und es war, als hätte dieser Sturm auch den Boten Pantegans hergeweht, jenes Blatt, auf dem von einer sprunghaften Hand irgendwelche Worte für Julias Herz hingeschrieben waren: »Ich bin hier, ich trete mein Recht wieder an und meine Liebe.«

Er, der der Dunkelste von allen war, warb wieder um sein Schicksal, um seine Gasse. Hinter den Gewittern her jagte seine Seele.

Fast fürchtete sich Julia hinzuhorchen in das Pfeifen und Stäuben der Wetter, aber doch verstand sie alles, was der Sturm sagte. Wie Fragen, die sich auftürmen und wieder zusammenstürzen, kam es zu ihr her, Worte, befehlend, erzählend, werbend und verachtend, wie über Trümmerhaftes, Gleichgültiges hingegossen.

»Du mußt kommen«, spie der Sturm durch die Fensterritzen.

Noch immer trug Julia den zerknitterten Zettel in der Hand, an dem Gassenfenster hinter den blauen Gardinen saß ganz still der Kandidat.

Julias Schritte verrieten nichts, als nur eben jenen Bann, während sie im Küchenraume auf und ab ging. Es lockte sie fast, den zerknitterten Zettel wieder zu entfalten. Jedes Wort lockte, jedes Wort war von ihm. Aber doch tat sie es nicht und ging wieder zu ihrem Kandidaten zurück.

»Sei nicht traurig, Julia«, sagte der Kandidat, »das Gewitter bricht nichts ab von unsern Zweigen, es zerzaust uns nur ein wenig den Kopf. Wirf den Zettel da weg, wir wollen uns nicht mit Andeutungen und Zweideutigkeiten füttern – mach doch jetzt die Schinkensemmeln.« Und der Kandidat nahm die Serviette, die zierlich gefranst neben ihm lag und ihn so sehr an den Tee von gestern erinnerte. Der Kandidat lächelte: ihm war noch nichts von irgend einem Gleichgewicht verloren gegangen. Er wischte andächtig den Mund seiner Gefühle mit der Serviette von gestern. Noch einmal breitete der Herbst die gelben Tücher über die frostige Gegend und lud die Sonne zu seinen letzten Sprößlingen. Auf den Teppichen der Parks langweilten sich verspätete Schmetterlinge, und die Ammen trugen ihre Anvertrauten in die letzte Wärme hinaus. Hoffende Frauen ruhten auf den Bänken und warteten in der dürftigen Sonne auf ihre Frühlingskinder.

Und in der Ferne hinter den Wäldern riefen die Hörner der Ulanen. Es war das Fest einer großen Retraite. Überall ward zum Sammeln geblasen.

Den Kandidaten lockte dieses Sterbende der Landschaft und weil auch er einer der Wartenden war, lobte er sich so viel Herbst. Er fütterte die Schwäne im Park mit noch mehr ausdrücklicher Güte als dazumal, und bemühte sich um Julia, ihr, wie er sagte, »das Vergessen zu lehren«.

»Der Gott geht schlafen, Julia, und verrichtet nur noch diese Andacht vor uns. Er hat uns in den Herbst geführt und verabschiedet uns jetzt. Da sitzen wir nun vor den Astern. Pflück sie Dir, aber nimm sie nicht mit in den Winter. Den müssen wir uns allein schmücken mit unsern Erkenntnissen und Erlebnissen.

Horch doch die Musik. Die bunten Jungen sind wieder da und spielen den Einzugsmarsch. Sie sind hier älter geworden, echauffiert sehen sie aus, sie kommen aus dem Manöver in den Pavillon ihres Ruhmes, wie wir aus den Gedanken in die neuen Schicksale kommen.«

Julia lächelte und spielte mit einer kleinen giftigen Frucht. – – –

Auch zu der Weide gingen sie wieder hin und horchten hinüber Zum Teich, wo die fröstelnden Enten lärmten.

»Wenn Du mich nur anhören wolltest, Julia, ich hab noch so viel zu ergänzen. Eigentlich streng genommen, wenn ich ganz intim nachdenke, sind alles dies Anfänge gewesen. Die Grenzen der Jahreszeiten scheinen mir verwischt. Wesentlich aufgefaßt war es nur ein Frühling.«

Julia riß einen Zweig aus dem Gesträuch und kaute an der Rinde, während ihr die Tränen über die Backen liefen.

»Hast Du Furcht, weil noch nichts erfüllt ist, Julia? – – – Komm doch mit zur Musik. – Wenn es eine neue Art zu sterben gäbe, Du Liebe, ich sagte sie Dir. Aber es ist so banal, an den Erinnerungen zu Grunde zu gehen.« Er umfaßte ihren Leib und küßte sie. Sie schluchzte laut, und die Spaziergänger am Schwanenteich blieben stehen und wunderten sich. – »Rede doch, Liebe.« Und er trocknete ihr Gesicht.

»Erich, es muß sein. Und wenn Du nichts erfindest, mußt Du das Alte dulden.«

»Sagst Du mir, daß ich Dir einen Tod erfinden soll, wo ich doch neben Dir stehe? Ich will Dir die Mücken fortjagen, und alles wird gut sein. Dann schenkst Du mir Deine Nächte, und ich wache bis zum Morgen neben Dir.«

Eine Melodie, ein schwermütiges Soldatenlied drängte sich zwischen ihre Ängste, ein Reitergesang kam herüber, ein bacchanalischer Ruf der Todeslust. Die Melodie folgte ihnen durch das Gestrüpp und trieb sie vor sich her, weit ab von allen Spaziergängern.

Dann wölbte sich die Nacht über ihnen mit vielen Sternen, und sie schenkten einander ihre Gebete, ihre Geheimnisse und Wünsche. Ihre Freuden begegneten einander in der restlosen Hingabe. Julias Fleisch glühte vor den Offenbarungen, und keine Stimme mehr schreckte das wissende Weib in ihr.

Über den roten Sandwegen begegnete ihnen zwischen dicken Nebeln der Morgen. Ein vergessener Kranich rief vom Strande herüber und scheuchte die Amseln aus dem Frühtraum.

Julias Augen, groß und neugierig, suchten zwischen den grauen Gespenstern, die sich über die Teichfläche erhoben. Auch der Kandidat war nachdenklich geworden. Er stand plötzlich wie hinter großen Resultaten, die er ohne Verdienst gefunden.

»Ich werde ewig bei Dir bleiben, Julia.« – Es kam wie eine klägliche Entschuldigung aus seinem Munde. Aber Julia lächelte wie in einen Abgrund hinunter, aus dem eine Art verängstigter Musik zu ihr hinaufzukommen schien. »Hörst Du die Amsel noch? Sie fürchtet sich vor uns, wir wollen lieber fortgehen, Liebster.« Und sie strich ihm das Haar aus dem Gesicht, mit einer jener halb mütterlichen Gebärde des Vertrauens.

»Daß wir auch so lang im Dunkel gesessen sind, dort drüben. – Hast Du den Mond heute Nacht gesehen und die große Milchstraße, die vielen winzigen Sterne, die man nur in ganz klaren Nächten sieht? Drück mich fest an Dich. Mir ist kalt.« Der Kandidat reichte ihr seinen müden Arm hinüber. Er knöpfte an seiner Weste und rückte den rotschwarzen Mullschlips, der widerspenstig unter dem Kinn flatterte.

»Laß uns jetzt miteinander scherzen, niemals früher wollten wir scherzen, wegen der alten Rechnungen. Ich hab sie zerfetzt. Zu was diesen albernen Trab den Schicksalen entgegen, so Bein vor Bein. Wir waren von den Pausen vergiftet.« Der Kandidat atmete tief und schaute in den Himmel hinauf, wo noch ein Stück des verblichenen Mondes mit den andern Lichtern stritt. – Dann ergriff er Julias Hand und gähnte: »Ja – von den Pausen vergiftet.« Ein flüchtiges Lächeln des Himmels kam zu den ermatteten Geschöpfen der Gasse, die neben ihren Pfützen standen und frierend stumpfe Freundlichkeiten feilboten. Überall trat man in den Unrat eines verdorbenen Feiertags. Früher hatte es Feste gegeben, lüsternes Gewieher und Moräste, in denen schwerfällig rotes, duftendes Blut rieselte. Jetzt aber war es nur der bettelnde Bankerott des verschüchterten Friedens.

Seit so vielen Wochen wunderte sich der Prsteck hinter den dicken, altdeutschen Scheiben, die so lila schön glänzten wie das einladende Hinterteil einer berühmten Affenart, warum die Schicksale der Menschen ihm so ängstlich auswichen. Früher hatte der Prsteck alles mitansehen dürfen, damals, als er noch drüben in dem großen Saal auf und ab ging und Lampen anzünden konnte. – Es war so schön, das Lampenanzünden, es war so zum Lachen, – die Kasperln und die Anninka, die immer einen Leutnant machen wollte.

»Ich hab ihr eine Feder gestohlen aus dem Tschako, die was ich noch hob«, dachte der Prsteck und fühlte alles bis zu Ende und sah alle Menschen, die auf ihn gespieen und ihn niedergeschlagen hatten, aber auch den und jenen, die ihm ein Sechserl geschenkt, und zuletzt einen, der ganz anders war und so lustig, den Vatterl. Nur auf den Rigoletto, den berühmten, ging noch immer sein Groll, der Groll eines windigen Tieres mit scharfem Gebiß. Und seine Gedanken duckten sich wie zum Ansprung und krochen irgendwo hin. Dann holte der Prsteck das zerknickte Federl der Anninka aus der klebrigen Tasche und besah es sich. Erfreute sich, weil es sich in der Zugluft noch bewegte, wo es doch so arm und verrupft war, wie über etwas Lebendiges. Er stand im Flur auf dem Strohteppich, über den immer die Herren gingen, wenn sie mit einem Fräulein kicherten. Da erschreckte ihn eine Stimme von oben her, und die Hahnenfeder pickte auf, wie eine schwarze Flamme, die plötzlich erlischt.

»Prsteck! Mistviech!«

Er ging rasch in den Hof hinüber. Er hörte den Benjamin ganz leise lachen! »Der Benjamin lacht schon«, dachte Prsteck, »der Benjamin ist so ein gutes dickes Schweindl. Schad um den Benjamin, er muß im Zirkus hingeschickt werden, damit er in den Reifen hineinspringt. – Aber im Violetten gibt's keinen Spaß.« Benjamin keuchte asthmatisch und zwängte den Rüssel zwischen Trog und Falltüre. Dann schüttete Prsteck einen Eimer Kartoffelschalen in den Trog. Benjamin schien dieses Gericht als ein Dessert oder eine Medizin zu empfinden. Er beschnupperte die Speise und sah den Bringer innig an. Seit er den Artisten verzehrt hatte, schien Benjamin im Genusse zu feiern. Ruhig lag er über seinem Unrat, wie ein stiller vereinsamter Denker. Sein riesiger Leib barg das große Geheimnis, und es war, als wollte er unbemerkt als alter, anständiger Aristokrat den Tod finden, als ein Weiser unter den Essern. Vielleicht war es eine

Prophezeiung, die den Schweinen zu Heil wurde, was den Benjamin so zu gütigem Verzicht stimmte. Vielleicht gibt Menschenfleisch den Schweinen Seligkeit und träumerisches Jenseits.

So standen sie beide mit freundlichem Verständnis einander gegenüber, Benjamin aufgewacht jenseits des Genusses paradiesischer Frucht, Prsteck kindlich liebreich in Erinnerungen verwickelt.- – – – Da flackerte draußen ein Wimpel auf, geräuschvoll und siegreich nach langen, verworrenen Tagen. Der Sturm schlitzte ihn zwar, aber ein neuer wurde gehißt.

Die geronnenen Säfte der Gassenwelt schienen wieder flüssig geworden, die Gehirne flatterten auf über den eingeschläferten Lüsten. Man erfand frischere Scherze, man erstand sich neue Gemeinheiten und Besoffenheiten. Immer neue Arten. – – – – – Es mußte jemand wiedergekommen sein.

Und man jagte die Mißliebigen und Verdächtigen weg und lachte jeden Helm aus. Was kümmert einen Helden der Henker und sein Hofstaat.

– – – – – – – – – – – – –

Hinter den grauen Gardinen in Pantegans Haus brannte ein Licht, dessen Strahlen sich unsichtbar im Dunkel fortspannen bis zu ihm, dem Tröster des feistesten aller Philosophen, hinter die Fensterläden des toten Lebzelters Ferdinand, bis zu ihm und zu irgendwelchen vom Diesseits und vom Jenseits. Es schien eine Kraft in jedem Strahl zu sein, der die Gegenstände fortschob, die er traf, und weiter ins Dunkel hinein fortrückte.

Und hinter dem Licht stand der Eine und lachte freundlich – sah den Lemmingen nach, die sich vor ihm verkrochen, und ersann drollige Wortgespinste.

»Du hast Dich gelangweilt, Julia, und mit der Barmherzigkeit herumgespielt – – na, sag's doch – – – Zettelzeug zusammengeschrieben.«

Er schlug mit der Faust auf einen Pack Zeitungen, die neben ihm auf dem Tisch lagen. »Da – da, lauter Zettel, dumme infame Lausezettel, altes Geschmiere. Hol uns jetzt Bier und mach die Betten.«

Sie flüchtete mit ihren Händen unter das spanische Tuch und faßte nach dem Krug. Ihre kleinen Füße in den engen Festtagsschuhen mußten sorgfältig Stufe neben Stufe suchen. Aber die Muskeln des Gesichtes, die Wangen und die Schläfen waren fest. Sie fühlte es. Nur unter den Haarlocken der Stirne sammelten sich zitternde Tropfen, beweglich wie halbgeronnenes Blut. – – – –

Dieser Abend Pantegans war zu feucht und zu kalt für den Gedanken eines Triumphes. Ihm waren klügere, freigebigere Tage vorangegangen. Wie in den Niederungen des Fiebers dunstete die Gasse, ein dampfender Mantel lag über den Häusern. Und durch die Türen taumelte der betrunkene Tod mit den Pfauenfüßen mitten unter zerrissenen Kirchengesängen. Der Gott der Gasse hatte seinen Priester wieder, und welcher Gott freut sich nicht über seinen Geweihten. Die Wände sogen wieder eifrig das Gelächter des Propheten, und jeder geringfügige Tanz stürmte ein Herz in den Abgrund. Man sprach nicht mehr von den Toten. Die Gedanken klebten an der Erscheinung des Einigen, die Sorgen gehörten ihm, alles Mütterliche der Seelen war ihm zugedacht, alle Hände lagen bereit, ihn zu tragen, für ihn abzuwehren. So beging man das Fest seiner Wiederkehr und empfand es wie eine Reinigung von dem dumpfen Schmutzgeruch der letzten furchtsamen Wochen.

Drüben, wo jetzt ein Teil der Stadt an den Hügel hinaufwächst
wie der weiße, widerspenstige Keim eines schwarzen Gewächses,
dort, wo früher Reben standen, wohnte in irgendeinem Hause der
Kandidat hoch oben über dem Gewirr der Giebel. Er wohnte so, wie
Kandidaten wohnen, ein wenig zu gefährlich für ein besorgtes
Herz, etwas zu vorsichtig für einen Scholar, eigentlich so recht mitten zwischen den Sternen. Hier wühlten seine Gedanken unter den
Paketen alter Manuskripte der eigenen Hand, die ihn immer wie
Merkwürdigkeiten berührten, wenn er sie vor einer Tat oder nach
einem Erlebnis betrachtete. Wurde es Nacht, ging er gern ans Fenster und las im Mondlicht über Eigenes – Vergangenes. Dann pflegte
er befriedigt in der Hütte seiner Bedürfnisse auf und ab zu pendeln,
um sein Herz an den ruhigen Takt regelmäßiger Gefühlsäußerung
und behaglichen Denkens zu gewöhnen. »Es wäre Sünde, dem Va-
ter eine solche Episode in das Grab nachwerfen zu müssen, ohne sie
vorerst abzurunden,« hatte er früher so oft gesagt, wenn er Erleb-
nisse sortierte und lächelnd zwischen den Sternen auf- und abging
oder gedankenvoll-einsam den Teekessel wusch. In dem Maße, wie
ihn das Geheimnis der brodelnden Flüssigkeit zu Gedanken der
Innerlichkeit anregte, war er damals ein Mann des klaren Gehor-
sams gewesen.

Aber der Kandidat Erich Friese aus Pommern war jetzt kein ganzer Kandidat mehr. Die Memoiren hatten den Gehorsam verdorben,
und er spielte die Guitarre in den Mondnächten, während die wah-
ren Gerechten schliefen. Er fing jetzt an, die Menschen auszulachen,
erst einzeln und dann in Massen. Und er ging sogar unter die, die
das Brot der Liebe aßen mit so gutem Appetit, wie andere einen
warmen Auflauf schlingen. Die Schubladen im Schreibtisch des
Kandidaten hatten sich rasch mit Souveniers gefüllt, und von Tag
zu Tag wurden seine Hände flinker im Aufzeichnen von Erlebnissen. Von jenem Sommertag ab legte er über jede Stunde Rechnung.
Zwischen dem roten Rausch der Pelargonien und seinem Damaskus
lag eine Fülle engbeschriebener Tagebuchblätter, jedes mit der zier-
lich-säuberlichen Unterschrift »Erich Friese, Kandidat« versehen.
Erst das letzte Blatt schloß mit einem siegreich kräftigen Anfüh-
rungszeichen »Paulus«.

Mitten in diese überquellenden Stimmungen der stolzen Seele
warf die Post ein zerknittertes Briefchen von Julia. Es war am Spät-
nachmittag, da der Kandidat eben seinen Rock säuberte und sich zu
neuen Zärtlichkeiten rüstete.

»Es steht einer zwischen uns. Aber fürchte Dich nicht. Ich bin
ganz Dein, und der wird wieder fortgehen. Warte auf mich.« Das
Zettelchen schloß mit ängstlichen Trostworten und Kosenamen.

Der Kandidat war bleich geworden, warf den Rock über das Bett
und suchte in seiner Vorratsecke nach einem Päckchen Tee.

Dann trank er nervös von dem brühenden Gebräu und zerdrück-
te ein in Rum getauchtes Stück Zucker auf der Zunge. In seinem
Feldstuhl erwartete er den Abend, der eine klare Nacht prophezeite.
Zwischen den Giebeln zitterten noch die verwehten Akkorde der
Aveglocken. – –

Erst spät verlockte es ihn hinunterzugehen in die Straßen. Er lief
durch die leuchtende Mittelstadt bis an die Quais hinunter. Es war
ein verwegener Gang, der ihn an Pantegans Haus vorüberführte.
Julias Lampe brannte noch wie ein kleines Licht in der Waldkapelle.
Der Kandidat flocht die Hände auf dem Rücken und hatte den Hut
tief in die Stirn gedrückt. – Kaum daß ein Pfiff oder ein Ruf aus den
Durchgängen und Sackgassen seine Gedanken aufschreckte, die
sich in Verwirrungen zusammendrängten, während er die schlichte
Pose der Verwahrlosten heuchelte.

»Die Menschen sind wie Mönche hier, die Straßen wie Kloster-
gänge, kalt und alt. Es betet hier etwas vergiftete Gebete. Hinter den
Fenstern sind Altäre versteckt, ich höre die Sänger und die Beter. Es
kann doch niemand ohne Religion sein.«

– – – – Hinter einem Türvorhang rief ihn eine dünne Stimme. Er
sah einen mageren Knaben im Lichte zweier verschmutzter Laternen. Übele Gerüche wehten durch die Öffnung, und der Kandidat
konnte einen langen schwachbeleuchteten Gang entlang blicken,
der wie ein feuchter Stollen in die Tiefe des Hauses mündete. Ein
lilafarbenes Schild mit weißen Buchstaben und dem Bild einer kau-
ernden Meerkatze hing über dem Eingang.

Der magere Knabe streckte ihm eine bittende Hand entgegen, die
seine eigene streifte. Das Gesicht des Kandidaten guckte erschro-

cken, wie bei der Berührung eines unreinen Tieres. Er drückte den Hut noch tiefer ins Gesicht und lief denselben Weg zurück, den er hergekommen. Ein gleichgültiges Gelächter erwachte in irgendwelchem Winkel. Ein paar verlorene Frauen schäkerten vielleicht irgendwo. Aber dem Kandidaten war es, als gälte alles Gelächter der Welt nur ihm und bisse ihn in seine flüchtige Ferse.

– – – – – – – – – – – – – –

Am nächsten Morgen erwachte der Kandidat im Fieber. Große Tropfen standen über seiner Stirn, und seine Stimme war matt und heiser. »Ich bin krank, Frau Pepitschka«, sagte er zu einer dicken Frau, die sich um sein Bett bemühte, »bringen Sie mir Papier und Tinte, ich werde vielleicht morgen sterben.«

Er schrieb dann an Julia. Es war nichts von Fieber und Sterben in diesem Brief, nur von der einsamen Religion und der ganz besonderen Liebe war etwas darin gesagt, wie in einem dunkeln Gedicht, und auch vom Unerfaßlichen und von der Sehnsucht war etwas verworren eingeschoben. Der Blumen des ersten Tages ward wieder gedacht und der stillen Weide und des Rausches der Erlösung. Und allem ward am Ende eine Hoffnung hinzugefügt. Immer heftiger fiel das Fieber den Kandidaten an, während er auf Antwort wartete. Ein behäbiger Arzt verordnete Pillen. Aber der Kandidat warf sie über die Dächer und lachte die Mediziner aus. Stundenlang saß er des Nachts trotzig am Fenster und suchte sich Antworten und Heilmittel aus den Sternbildern, oder erjagte seine Augen durch die Zeilen der Bücher, blätterte im Galenus und suchte unter den Mystikern.

»Die alte Medizin hat mehr Heilkraft, Herr Doktor, ich lache stundenlang über den Galenus.«

Der Arzt griff beleidigt nach seinem Stock und schimpfte über die nervösen Naseweise, welche die Medizin glossieren wollen mit ihrer Geschwätzigkeit. – – – »Es hilft nur die Reitpeitsche, die dem Mulus die Zeit vertreiben hilft.«

Der Arzt kam nicht wieder, und der Kandidat gesundete allmählich.

Die Nächte dreier Wochen hatte der Pantegan indessen in die Ewigkeit hinuntergetanzt. Das Tote und das Lebendige schoben seine tanzenden Füße ins Vergessen, und sein Gelächter war der Choral ihrer Begräbnisse. Nur zu den Getreuen sprach er ab und zu ein halblautes Wort, wenn es Aufklärungen galt oder Befehle.

Und kam er dann früher in sein Haus als das Tageslicht, so waren seine Laune und sein Lachen noch mehr Pein als damals seine Düsterheit. Die Lippen trug er jetzt geschoren, und man sah, daß sein Kinn doch zur Fülle neigte. Julia empfand ihn noch häßlicher als früher, aber ihre Furcht hielt die Abneigung im Zaum. Geräuschvoll trat er in ihre Morgen hinein und schüttete die Atmosphäre der öffentlichen Häuser über sie aus, tätschelte sie wie ein Tier. Er wühlte mit seinen Blicken in ihrem Gesicht und frug sie nach allen den Dingen, die sie früher mit einem Guß frostiger Reden abgewehrt hatte. Die Lampe mußte dann vor ihrem Gesicht stehen, so lange, bis Pantegan einschlief. Jetzt fand sie die Stimme nicht mehr, deren sonderbarer Unterton ihn immer geknebelt und fortgestoßen hatte. War er jetzt trunken und lallte, so strich sie ihm mit den verängstigten Fingern über das Haar, so daß sie ihm nahe kam und er sie an sich reißen und mit seiner Berührung entwaffnen konnte. Ja sie mußte seine Liebkosung schon während des Tages geschehen lassen. Ihre Stimme begann heiser zu werden wie die der ewig Geängstigten, ihre Stirn und ihre Hände waren immer feucht.

Einmal sagte er: »Es wird noch Hochzeit werden, denn Du bist jetzt immer so warm-feucht. Du fängst jetzt endlich an, Dein Muß kennenzulernen. Wie aus dem Treibhaus bist Du. Ich weiß es, daß Du morgen in der Nacht zu mir kommen und Dich neben mich legen wirst. Dann stellen wir Deinen Sarg dort in den Keller hinunter.«

Pantegan lachte laut auf, und Julia bückte sich, wie um etwas Herabgefallenes aufzunehmen. Sie wollte ihm nicht ins Gesicht sehen in diesem Augenblick und den Greueln seines Lachens ausweichen. Da glitt ein graues, sorgfältig gefaltetes Blatt, das in einer Falte verborgen war, auf den Teppich. Mit seiner schnellen, geübten Greifhand riß der Pantegan den Zettel an sich, zog schweigend den kurzen Fiakermantel über und ging.

Julia folgte ihm ein Stück durch den Hinterraum. Im Augenblick zuckte ein Entschluß in ihrer Seele auf, ein Gedanke, ihm rasch nachzuspringen, durch ein Liebeswort ihn und den Zettel zu gewinnen. Aber in den Knieen war die Kraft nicht mehr, irgend welchen Weg zu tun, der dem Schicksal sein Recht beschnitt.

Tags zuvor hatte Julia in ihr Buch geschrieben: »Wenn jemand Engel hat, der führe sie gegen Den. Aber es sind wohl nirgendwo mehr Engel, in der Stadt nicht und nicht über der Stadt. Wir müssen uns fürchten, daß auch im Himmel eine Fülle seiner Häßlichkeit und seines Geräusches ist. Dieser ist selbst das Schicksal, man kann nicht gegen ihn und nicht über ihn hinaus, er nimmt uns und wirft uns hin.« – Jetzt hatte sich alle ihre Furcht erfüllt und mit blutendem Kopf lag sie neben ihrem Bett, die Schreie der Seele erstickend mit der dunkeln geduldigen Decke ihrer Jungfrauenschaft, hingeworfen, vor etwas Furchtbarem zitternd und abgeschnitten von der Zukunft, die mit so vielen Palmen gewinkt hatte.

Unterdessen sollte dem Genesenen sein Gericht werden. Immer wieder las der Pantegan mit dem Behagen des unerbittlichen Anklägers den Brief und lachte grausam. Dann warf er die Wehmut des Kandidaten den Dirnen hin. Die rissen die Augen weit auf und schütteten ihr Mitleid über die weinerlichen Geständnisse des Rekonvaleszenten. Diese aufgerissenen Augen hätten ihn am liebsten ganz nackt gesehen, den Plauderer so vieler Geständnisse und Geheimnisse. Die Fragen nach den Werten seines Leibes überstolperten einander, und Vermutungen füllten die Gespräche der Paare. Wie eine Richtstätte war der Saal mit seiner drängenden Neugierde und Erwartung. Immer lauter kreischten die verdorbenen Bräute der Gasse im Vorgeschmack eines neuen Schauspiels. Und die Scherze ihres Mitleids richteten willfährig einen gewissen Kandidaten Erich Friese, den das Gesetz der dunkeln Gasse zum Tode bestimmt hatte.

»Du bist meine ganze Liebe, und deshalb hasse ich den schwarzen Unbekannten und wünsche ihn zu verderben. Der Mond kommt an mein Bett und nickt...«

Der Pantegan schrie es in den Saal hinein. Jeder Silbe gehörte ein Scheffel unsäglicher Verachtung. Sein krampfhaftes Lachen brauchte nicht um Genossen zu werben.

Aber schließlich löste doch alles ein wilder Walzer ab, und sie tanzten wieder.

Die ganze Schuld des Kandidaten kannte keiner von ihnen, und nur halb verstand man die vielen Zärtlichkeiten, die in einer schmucken sparsamen Schrift einen breiten Bogen füllten.

Nur weil der Pantegan zum Gericht lachte, gaben die Geschworenen der Gasse ihr »Schuldig« ab. Schlupfwinkel wurden verteilt und Losungen ausgegeben. Wie um ein Gottesbild standen sie um den herum, dessen Gedanken mit feuchten Fieberhänden aufgeregt nach irgend etwas ganz »Schönem« zu greifen schienen.

Bis in den Aufgang hinein tanzten sie, bald wilde, bald schwermütige Tänze, wie sie ihnen der Gott gerade eingab. Der nächste Tag öffnet sich den Triumphen einer blutigen Jagd. Das Land ist noch ein Tempel in der aufgehenden Sonne, und der Park mit seinen letzten Blüten liegt noch unberührt hinter den Nebelgehängen, wie ein Allerheiligstes, das seinen Priester erwartet. Zwischen den vergilbten Halmen der Wiese suchen die frühen Raubenten Gewürm, und zwei Eisvögel zanken in den Weiden. Von drüben her schreckt ein wieherndes Pferd die Amseln. Der Mond hängt noch satten Lichtes voll zwischen schüchternen Morgenwolken. - - - - - - - - -

Zwei Rappen sausen über den Reitweg, kaum daß die Räderreifen der zierlichen Chaise den Sand berühren. Ernestos knochige Gestalt umschlottert der Überzieher Pantegans, seine trunkene Peitsche ärgert die verschlafenen Amseln, aber doch ist Ernesto scheinbar ein liebenswürdiger, der allerliebenswürdigste der Rosseliebhaber und ein erkorener Lenker. Hinter ihm auf den Samtpolstern dehnt sich behaglich Pantegan im kurzen Jakett. Wie ein halbnackter Spötter sitzt er da, wie ein frivoler Fink im Winde. Er schiebt die ausgebrannte Zigarette zwischen den Lippen hin und her und wirft die Augen rechts und links, als zählte er die Seitenwege. Der Tanz glüht noch in seinem Gesicht. - - - -

Drüben der Teich schweigt noch schläfrig, versteckt in Schilf und Nebel, nur manchmal ruft ein Rohrhuhn.

Ernesto lallt zu seinen Pferden hinunter und wippt mit der Peitsche.

»Quäl mir die Ungarischen nicht«, mahnt Pantegan herablassend mit gutgelauntem Lächeln, »Pferde klettern nicht auf die Bäume.«

Ernesto aber hat schon sein schlankes Gefährt längst in Gefahr gebracht und seine Rappen seitab in eine feuchte Wiese verführt. Er muß anhalten und die Stuten zurückführen, während sie ärgerlich in das Gezäum knirschen.

Pantegan steigt aus dem Wagen. Er hält eine Reitpeitsche in der Hand und tätschelt übermütig bald die Rosse und bald ihren improvisierten Pfleger. Die Tiere haben wieder festen Boden und wittern den bekannten Weg, wo sich die Allee in das östliche Gelände öffnet.

»Ich weiß alles, Ernesto, ich bin klug wie ein edles Pferd, drum laß einmal unsere Zügel ganz los, wir brauchen keinen Kutscher mehr. Aber wir wollen jeder einen großen Schluck trinken, damit es keine Pferde und keine Menschen mehr gibt, nur lauter edle Tiere.«

Dann trinken sie. Ernesto nickt gerührt und fällt schläfrig zurück auf den Breitsitz. Auch den Pferden hält Pantegan lachend die Flasche hin und gießt ihnen den Kognak hinter das Gebiß.

Dann rast das Gefährt durch den Morgen die Allee hinunter und verschwindet in eine Pappelperspektive lautlos und wie fortgeweht.

Die erschreckten Amseln hüpfen über das betaute Gras, und ein Gesang erwacht in allen Kronen. Die Wipfel haben wieder Grenzen und der Horizont seine bewegte Linie. Über dem Moor der Teichwiese bewegt sich noch ein Schleier, unter dem die Nachtgeschöpfe in ihr Tagesversteck hinüberschleichen. Alles will sich rascher gestalten in diesem aufgepeitschten Morgen, alles rüstet den Tag. Durch die offenen Gassenfenster kam der Morgen und streckte einen langen grauen Arm in die Gemächer. Julias Körper lag rückwärtsgebogen über der Bettkante, die Augen streuten fiebrige Lichter in das Halbdunkel, die Sinne duckten sich in den Schatten ihrer Angst. Aus der Stirnwunde, die sich nun zu schließen begann, rannen kleine Blutstropfen. So erwartete sie das Gericht Pantegans.

»Er hat alle gebunden und gepeitscht, die ihn haßten. Es muß ein neuer Haß kommen, der noch härter trifft als Pantegans Peitsche.« Ihr Mund, der starr geschlossen war, begann leise zu zittern unter der Macht dieses Gedankens. Sie versuchte wieder aufzustehen.

Aber die Arme weigerten sich, den unsichtbaren Fesseln zu widerstehen. Vorstellungen unendlicher Qualen, von Peinigern erfunden, die kein Schmerz, kein Wort und keine Geißel noch gebeugt, erwachten wieder. Zwei große Tränen tropften aus den starren Augen.

Das Gespenst eines weißen nickenden Kopfes erschien in einer Ecke. Es war seiner, des Kandidaten Kopf. Rote zerfetzte Blüten lagen wie ein Hohn über dem blonden Scheitel, und die starren Stirnhaare zitterten mit der nickenden Bewegung des wahnsinnigen Kopfes.

»Bist Du schon tot, Erich? Nick mir nicht so zu, ich kann Dich jetzt nicht mehr küssen, armer Kopf, weil das Märchen aus ist. Aber ich will das Fleisch von den Händen abnagen, die Dich geschlagen haben, nur nick mich nicht so an. – – Geh weg, lieber Kopf.«

Die beiden Tränen standen noch auf den Wangen wie flüssiges Glas. Einen Augenblick lang war alles Glut, Licht und Bewegung in diesem Gesicht der denkenden Verzweiflung.

Mit der Sonne kam auch Pantegan nach Hause. Julia hörte ihn die Treppe langsam hinansteigen. Er pfiff ein freches Lied und probte seine Reitgerte.

Lächelnd trat er vor das durch Blut und Verwirrung entstellte Gesicht und forderte Julia auf, sich Stirn und Augen zu reinigen. Er schien kühl und gleichgültig.

»Ich muß Dich erst wieder erkennen. Mit solchen Augen kriegt man kein Liebeszettelchen geflüstert. Erst die Nase putzen, Kind.« – –

Und er legte schweigend Tinte und Papier zurecht. Dann faßte er sie am Arm und zog sie, die nervöse Gerte in der andern Hand, auf den Stuhl nieder.

»Da, meine Puppe, das ist eine Gelegenheit für die pikfeinsten Magdalenen, da schreib mal auf.« Und er diktierte aus einem kleinen schwarzen Büchlein:

»Mein Geliebter! Es ist alles aus, es muß alles aus sein. Ich hab es ihm gestanden, ich hab ihm auf den Knieen alles gestanden, Erich.

Komm nur noch einmal in den Park – – – wir müssen Abschied nehmen.«

Die Glossen zu diesen unterstrichenen Sätzen bemühten sich um den Stil Julias, den er aus ihren Blättern kannte. Julia folgte mit der Feder den Worten ruhig und gefaßt, beinahe war ihre Hand noch sorgfältiger als sonst. Der Rest des Diktats enthielt eine lange Epistel tastender Andeutungen, ein Register von Fragen der Sehnsucht, wie sie in den Geständnissen des Kindes Julia zu finden waren. Pantegans Hände lagen auf beiden Schultern Julias, während sie schrieb, und doch trieben ihre Gedanken weit ab, einen andern Weg, einem Entschlusse zu.

»Amen, mein liebes Huhn! Wie sagst Du eigentlich zu ihm, und wie nennst Du Dich? – – – Ach was, heute ausnahmsweise nennst Du Dich meinetwegen einfach Julia. Also unterschreib: Julia! Machst Du kein Schnörkel drunter? Gut, also kein Schnörkel, Datum!«

Kaum hatte Julia den letzten Strich getan, als seine eisernen Finger über ihren Gelenken zusammenschnappten. – – – –

Dann band er sie ohne ein Wort an das Bett. »Da, mein Zuckerschaf, wenn Alles fertig ist, sind wir wieder ganz gut und lustig«, und er winkte mit der Peitsche zu einem häßlich geflüsterten »Addio«.

Der Kandidat starb auf der Flucht vor den Gehülfen seines Henkers Cesare Pantegan im Teich des Parkes in dieser Nacht, die seinem Gericht bestimmt war.

Die früh aufgeschreckten Vögel hatte ein langer schweigsamer Nachmittag wieder ruhiger gemacht und der laue Abend ließ sie einen schweren traumlosen Schlaf beginnen. – – – – –

Geräuschlos lockte man den Kandidaten in das Genetz des Nebels, in ein gehorsames Dunkel, das die Nacht über das ganze Gelände hingeworfen hatte. Da war kein Gott, der führte und half, nur eine aufgeschreckte Kröte begleitete den Kandidaten in den Tod.

Durch die Allee sausten wieder die Rappenstuten, von Pantegans eigener Peitsche gereizt. Ein trunkener Siegeszug des Augenblicks, eine Wollust war die Fahrt, und schweigende Pappeln beugten sich über das gleitende Gefährt. Jede Ader quoll an Roß und Lenker, ein Gedanke einsamer Kunst zuckte in dem raschen Bilde auf. Der Tod raunte seinen Scherz den Platanen zu. So fiel der Vorhang über dem Spiel.

Das Gesicht des Kandidaten lachte zwischen den runden Blättern der Teichrosen in den Herbsthimmel hinein ohne die Verzerrung irgend eines Schmerzes. Kleine Wellen hoben die schütteren Flachslocken der Kandidatenstirne, die Augen waren geschlossen, wie ein träumender Verliebter lächelte Erich Friese im Tode. Den Prsteck erquickte das Leben mit Gedächtnissen, mochte sein Körper auch verfallen sein in einer so langwierigen, schlafscheuen Nacht. An seiner in der Finsternis tastenden Kindheit erhielt sich ein seelischer Glanz und alles Elend der Mißhandlung vergaß er über einer kleinen Sehnsucht nach Besitz. In dem Maße, wie er einsam war, wuchs sein Verständnis für das äußere Gut. Seit den Tagen, da ihm Pantegan jenes Batisthöschen als einen verirrten Scherz zugedacht hatte, gipfelten seine Sinne in der Vorstellung eines farbigeren, geschmückteren Daseins. Und was ihm noch übrig blieb neben diesem Gedanken, gehörte alles Benjamin, alle die Besorgnis, die sich von Fütterung zu Fütterung hinschleppte. Ab und zu nur träumte er auch von den Lampen, die früher ein langes Register stolzer Pflichten waren.

Und deshalb wurden die Tage jetzt noch länger, noch ausgedehnter waren sie als damals, es war fast immer Tag im »Violetten Affen«. Manchmal durfte man vielleicht auf einem Sessel sitzen, und dann nickte man ein mit seinem häßlichen Gesicht. Aber das Gaslicht tanzte in die Träume hinein durch das Gitter der Wimpern, und man fand keine Ruhe. Auch roch man so stark nach seinen Leiden, daß man jederzeit durch einen Witz der Gäste aufgestochert werden konnte aus seinem bißchen Schlaf. Nur Benjamin war immer freundlich und gesetzt, der verstand noch etwas vom Frieden und von der Freundschaft.

Zwischen solcher Art Gefühle und Reminiszenzen drängte sich eines Morgens Pferdegetrappel. Die Dochte der farbigen Laternen Zuckten noch, und ein verwelktes Gelächter kämpfte mit der Müdigkeit des Hauses. Da sauste Ernestos Gespann über die Katzenköpfe am »Violetten« vorbei.

Prstecks Kopf schnellte ans Fenster. Ein schmutziger Fetzen Laternenlicht flatterte über das Pflaster hin und erschreckte die Pferde.

In Prsteck weitete sich das Leben. Ein Staunen oder eine Lust dehnte sein verwirrtes Ich. Er hatte ihn erkannt im Vorübersausen, seinen Einzigen. Den ganzen langen Rest dieser Stunde saß er noch auf dem alten klebrigen Küchensessel, und seine Gedanken suchten das Gefährt in den Gassen. Aber sie waren nicht rasch genug, dem Bilde ganz weit hinaus zu folgen. Die Rappen trappelten rascher als die Sehnsucht Prstecks. Sein gespanntes, leuchtendes Gesicht begann wieder Falten zu haben, sein Ausdruck verlor alles Helle und Offne, und ein häßlicher Schlaf folgte dem Augenblick vorübertrabenden Glücks. Und Prsteck schlief ein, wiederum von einer Enttäuschung niedergedrückt, wie ein frierender Vogel saß er da zusammengekauert.

Die Tür in den Hofstand offen. Benjamin schnupperte durch sein Trogfenster und grunzte sein wehmütiges Guten Morgen. »Wenn sie mir ihn füttern sollten«, dachte Benjamin, »zehre ich ihn nicht auf. Ich lasse ihn so liegen, wie er liegt. Ich habe ihn so sehr geschätzt.«

Das waren aber sehr voreilige Vermutungen Benjamins, denn Prsteck starb viel später, sagt der Chronist. Er soll an vergiftetem Fleisch gestorben sein. Damals war Benjamin längst geschlachtet. Die Schinken Benjamins sind sicherlich sehr zart gewesen und schmeckten wohl ein wenig süßlich, denn dieses Schwein hatte keinen Gerechten verschmäht. Es soll mit Würde geendet haben, und sein letzter Laut soll jenes begrüßende Grunzen gewesen sein, das ihm früher schon die Liebe seiner Pfleger gewonnen hatte. Der Morgen ist klar und kühl. Zwischen den Ufererlen hinter der Stadt, wo der Fluß ins Tiefland geht und den sumpfigen Grund zwischen mageren Stämmen bespült, wartet ein Kahn. Julias Gesicht ist verhängt mit schwarzen seidenen Schleiern. Aber Pantegans Kopf ist gehoben, und seine scharfe Nase und die knochigen Backen erkennt man über den leuchtenden grünen Reflexen. Er erscheint lebhaft, hilft seiner Dame galant in den Kahn. Seine Gebärden sind sehr gekünstelt, den Rock trägt er wie eine Maske.

Ganz in der Ferne ist noch ein Echo lebendig, das ihn vielleicht sogar besorgt macht. Zwischen seinen galanten Bemühungen zuckt der Kopf immer wieder auf wie der eines witternden Tieres. Seine freundliche lässige Miene, die er sich mühsam ausgeklügelt hat als Akteur der Situation, scheint ihm in diesem Augenblick wie eine schlecht befestigte Larve entgleiten zu wollen. Er sieht verlegen in die Wellen am Kiel hinunter, der mißgelaunte Fischer ist ihm nicht flink genug, fast möchte er seine mageren Hände verbergen.

Dann verblaßte das Echo. Die trabenden Rappen müssen schon sehr weit sein. – – –

Endlich knirscht der Kahn über die Kiesel und kriecht wie ein schläfriges Tier über die breite Fläche zu den herbstlichen Erlen hinüber.

Kaum ein Halstuch ist Pantegans Gepäck. Die Finger wippen und tanzen aufgeregt über die Borde, als hätten sie noch die Glut des letzten Festes in sich. Selbst der sonst so starre Nacken scheint beweglich.

Es ist ein anderer Pantegan, der über den Fluß fährt, einer, dessen Augen belastet sind mit zu vielen Erscheinungen. – Und gar wenn diese Augen zu Julias gebeugter Gestalt hinuntergehen wollen, drückt sie etwas in die Höhlen zurück. Sie wehren sich gegen schwere Hände irgend einer Seele und unterliegen.

Zwischen Erlen und Binsen landet endlich der Kahn, dann führt ein feuchter Weg durch enge Täler zwischen zierlichen Hügeln. Das versteckte Häuschen der Wildhüter ganz allein gehört den Menschen, sonst ist alles Revier der Rehe und Raben. Die Augen der Rehe staunen auf den Weg hinunter, wenn irgend einer einmal vorübergeht. In diesem langen Frieden haben sie die Furcht vergessen. »Julia, dieser Weg ist schmal und unbequem.« Und er will Julia führen. Seine Hand ist heiß und unsicher. Julias kleine Faust verschwindet in der Umklammerung der glühenden Finger, aber ihr Gesicht hinter dem Schleier öffnet sich nicht. Auch den Mund gibt sie nicht her, den er verlangt. Dieser Mund ist so verändert wie ein Mund, der an einem bitteren Geschmack leidet. Die Lippen konnten sich früher so leise und sehnsüchtig bewegen, wenn sie Geschriebenes zu sprechen wagten.

Eine plötzlich entschleierte Sonne steigt rasch den steilen Abhang
der Hügelkette empor. Das Tal wird wieder weit, man sieht ein Feld
Herbstzeitlosen, zwischen denen ein Arm des Flusses wühlt.

Drüben wuchert das Schilf weit in die Wiesengründe hinein, dort,
wo ich einst einen Reiher schoß. Die Stimme eines Mönches gellt im
Dom. Er hetzt seine Gemeinde gegen die Teufel der Lieblichen.
Erbärmlich und elend sind diese Menschen, die sein gellender Geiz
zwischen die Säulen des Ewigen hinstellt; gerichtet, armselig stehen
sie da vor den Gerechten. Und obwohl sie zittern, ist ihr Mönch
doch lächerlich und häßlich, der das Wort der Liebe zerfleischt mit
den abgehetzten Sinnen.

Drüben an den Wänden sitzen viel Stärkere als dieser Mönch. Mit
ihrer steinernen Gewissen sitzen sie da, diese verdorbenen Bischöfe,
unter ihren Sarkophagen neben den Gedenkzeichen der Kraft. Ein
gebückter Schatten schleicht an ihnen vorbei die Mauern der Santa
Maria del Fiore entlang. Neben den großen Gräbern, neben den
Ereignissen unendlicher Kunst. Das Gesicht des schleichenden
Schattens ist hart und kantig wie das der verdorbenen Bischöfe, der
Nacken breit und starr, wie der Nacken der unerbittlichen Streiter
des geheimsten Lasters. - - -

Alle Türen des frostigen Baues sind weit aufgerissen, überall
drängen sich die trüben neugierigen Lichter der verregneten Straßen in das heilige Dunkel und greifen nach den häßlichen Röcken
der Beter. -

Da erwachen Glocken und Choräle und jagen die Stimme des
Mönches in irgend einen der hundert Winkel zurück. Aus den
Grabdenkmälern steigt das granitene Gelächter toter Kardinäle und
der schmutzige Schein der Straße lockt die Heiligen aus ihren Goldrahmen.

Julias Gesicht ist unter der Menge der Bittenden. Wenn der bewegte Schatten sich nähert und an den Reuigen vorüberhuscht,
sucht und horcht es. Julias Finger sind in einem wirren, beweglichen Knäuel verflochten.

Spät erst entläßt das dumpfe Gemurmel der Ministranten Mönch,
Volk und Schatten. Nur das granitene Lächeln der Verewigten ist
noch da. Die Orgel spricht einen großen Akkord zu den letzten

Zerknirschten. Viele heilige Hände scheinen hineinzuragen in die Stille des ebbenden Gebets. Auch Licht findet sich noch ein, immer noch stehen Türen offen.

»Wo ist dein marmornes Pferd und deine lieben Augen? Weißt du nicht mehr, wie wir zwischen den Lilien standen und uns ansahen?!

– – – – Hör ich nicht mehr den Huf deines Schimmels und dein tönendes Wehrgehänge?!

– – – – – Sieh, da liegt es in meine Gebete hineingeknebelt, du Jesus, da liegt es, das Tier. – – – – Aber du sollst ihn nicht niederschlagen mit deiner silbernen Macht. Über die Mähne deines Pferdes soll deine Güte zu mir kommen und mir Freude geben zu langsam andächtiger Tat, mit der Andacht, die du selbst forderst, sollst du mich segnen. Jeden Traum, der mir ihn bringt, in den er sein geschorenes Kinn hineinreckt, mach mir länger zur Andacht, in jeder Pfütze zeig mir sein Spiegelbild. Komm zu mir, wie die Reiter vom flachen Land auf ihren Füllen kommen und ihre Fruchtkörbe hinreichen. Und ich will alles herausnehmen aus der Fülle deiner Körbe und ihn füttern mit meinen erfinderischen Fingern. Sein Gaumen wird heiß werden in der Gier und die Backen feist, und eine Fäulnis muß ihm geboren werden, wenn du mir hilfst. Reite nicht vorbei, o Jesus, damit wir ihm den siebenfachen Tod erfinden.

Mit einer langwierigen Segnung laß mich zu ihm hingehen. Tritt ihn nicht selbst, er soll nicht von Gott sterben. Über den Hals deines weißen Pferdes lächle zu uns hinüber und laß mich ihn zertreten, wenn er feige und feist genug ist, langsam, ganz langsam unter dem Gesang deiner Glocken.

Die matten Ampeln der Sakristei lockten das Geschwätz der Priester in die kühle weite Halle. Ihre gedankenlosen Kniebeugen schänden die kleinen andächtigen Altäre, ihre platten Sohlen nehmen Besitz von den Marmorwegen zwischen der Ewigkeit.

Julia geht hinaus in den Regen. Ihr Gesicht glüht noch von den letzten Gedanken. Das Amen des Gebets zittert auf den kranken, bewegten Lippen. Nie hatte sie noch so viel Worte gefunden, nie so viel fortgeworfen von sich.

»Wir sind alle nur Kostgänger des Lebens, wir wollen unsere Kost, und man kann uns verderben mit falschen Süßigkeiten.« Sie war voll Glück in diesem Gedanken, und ihr Gehirn schrieb noch einmal die ganze Wollust des wirren Hasses an die Wände des Hauses.

So ging sie denn hinaus über die berühmte Brücke in die Straßen hinunter, neben denen der Fluß die Fieber ausbrütet. Die Glockengeräusche des Campanile folgten ihr durch die verwelkten großen Gärten zu Ihm. Das Wetter trieb die Müden südwärts. Zwischen den Weinbergen und nackten Feigenbäumen führte der Weg über schmale Hügelgassen ins flache Land. Unter den Ansiedlern der Ebene rüstet man schon zu den ersten Festen.

Der Schatten, der im Dom die Gebete der Büßer umkreiste, ist blasses, bewegliches Fleisch geworden. Die aufgejagte Seele Pantegans ringt in diesem blassen Fleisch mit den Gedanken einer langen Flucht. Auch sie sucht Ebenen, auf denen müde Körper ausruhen dürfen in der Sonne. Immer wieder versucht Pantegan Gedanken fortzuschleudern, die ihn belastet haben, aber das Lächeln des Mörders und der ganzen überlegenen Kälte will ihm nicht mehr gelingen. Darum geizen alle seine Sinne um Julias Gesicht, das sich ihm noch immer so selten öffnet und unter Schleiern begraben fast ganz der einsamen Hoffnung gehört.

Es ist rasch Frühling geworden in den Ebenen, die sie durchwandern, und die milde Luft des Meeres bringt ihnen herrliche Märztage.

– – – – – Pantegan ist meist stumm. Wohl hätte er manchmal ein Wort bereit, aber es ist nicht Mut genug in ihm, so ein Wort bis in Julias Herz hineinzutragen. – – – – –

Schweigend warten sie beide weit über glühende Mai- und Junitage hinaus auf Geständnisse.

Nur das Meer redet zu Julia, es hilft ihr, sich selbst entdecken. Ihre Wünsche und Sehnsüchte gedeihen an den Ufern. Die Abende lösen die Schleier von ihrem erwartenden Gesicht. Oft ist sie entzückt und fühlt eine Art Wehmut keimen, vor der sie sich zuweilen fürchtet. Auch als man bereits landeinwärts zieht, dem Gebirge zu, hört sie noch das Meer. Man sucht ein Haus, das ganz verloren zwischen Blüten und Laub kein Schicksal haben darf. Ganz oben auf irgend einer Insel soll es liegen, nahe den Menschen und ihren Fruchtkörben, und doch weit weg von ihnen.

Sie sitzen auf der Terrasse vor einem Fischgericht. Pantegan genießt gedankenvoll diese Art, die ein verstecktes Berggewässer so wunderbar gedeihen läßt. Und ein kühler Wein wird eingeschenkt. Nebenan redet einer von den Wundern des Lebens, von der Kraft und den Genüssen, die sehende Augen machen. Pantegans Blick weilt ausruhend auf den Wiesen, die sich unterhalb der Terrasse bis an die Küste hinbreiten. Er teilt mit Julia die Gedanken, die Sehnsucht nach diesem aus auf der Insel, er teilt sie wie die frische Frucht, über die man plaudert. Sie sind angeregt von der Zukunft.

Mitten unter diesen Gesprächen findet er Julias Hand. Alles beginnt ihn zu freuen, er genießt alles, während er die Hand liebkost. Sein übriges Denken gehört ganz den Erwartungen bevorstehender Nächte.

Die Eilande drüben, aus denen Palmen wachsen, erscheinen wie große Schüsseln, die das Meer herüberreicht. Und hundert Schüsseln sind die Felder und die Tiere, die über den Wiesen grasen, sind Hostien der Erlösung. In diese vielen Schüsseln ist Pantegans Mund getaucht. Mitten unter den Genüssen sitzt er aufrecht, und seine Lippen, beschmutzt von Lust, bewegen sich wie berauschte Kinderlippen. Aber immer ist noch eine Erfindung übrig in Julias Herz, die seine ermattete Zunge wieder hebt.

Cesare Pantegans Verstand starb zuletzt, als seine Glieder bereits lahm aus dem Netz der Matte hingen unter den blühenden Syringen. Er starb an den Unerschöpflichkeiten eines immer blühenden Geländes, die ihm als ein langsames, fettes Gift zubereitet wurden.

Sieben stille Jahre lang wehrte sich die Ratte in ihm gegen diesen Tod.

Es war ein Gesang in Julias Seele, als sie sein letztes Kapitel niederschrieb.

Der junge Conte Beppo Rigaglia führte Julia zur Barke. Sie spielte mit dem Steuer und hatte hundert Fragen über das Meer. Der blonde Kleine aus Piemont lachte angeregt und schmückte sich mit der Weisheit seiner wachen Jugend. In der warmen Sprache des Landes

erzählte er von schönen Städten und lobte das Paradies drüben auf
dem Festlande, das ihn, wie er sagte, doch nicht missen wollte, ihn,
der manchmal auch die Inseln beglückte. »Ich bin eigentlich ein
Abenteurer, ich nähere mich gerne den Klippen«, bemerkte er mit
seiner graziösen Bedächtigkeit, »ich liebe die Klippen, sie sind so
schön gefährlich.«

Julia blickte noch einmal zu der Insel hinüber, auf deren schöns-
tem Hügel wie ein Tempel verwegener Erinnerung die weiße Villa
stand. Ein zahmer Morgenwind schlüpfte durch die offenen Fenster
und löschte zwei kümmerliche Kerzen über dem Sarge Pantegans
aus. Aber bald legte sich die Sonne zwischen Julias Augen und das
Bild, und die Insel ward ausgelöscht wie jene Flamme, die der Wind
getötet.

Der junge Conte belustigte sich mit Julias Händen. Er will diese
Hände zeichnen lassen von dem Allergrößten der allereinzigsten,
allerschönsten Stadt. Julia lacht und legt sie ihm in den Schoß.

»Herr Graf«, meint sie launig, »die Hände, die sind früher viel
schöner gewesen. Sie sind jetzt verdorben durch das viele Kochen.
Aber man muß doch kochen, wenn man sich so ganz durchsetzen
will.«

Sie hob einen Arm in die Sonne hinauf und spreizte die Finger.
Der Wind schlug an die feinen, dünnen Glieder und bewegte sie
durch seine lüsterne Berührung wie die Hämmerchen eines zarten
Instrumentes.

Eigene Buchreihe oder eigenen Verlag gründen

Seit 2009 bietet tredition sein Verlagskonzept auch als sogenanntes "White-Label" an. Das bedeutet, dass andere Unternehmen, Institutionen und Personen risikofrei und unkompliziert selbst zum Herausgeber von Büchern und Buchreihen unter eigener Marke werden können. tredition übernimmt dabei das komplette Herstellungs- und Distributionsrisiko.

Zahlreiche Zeitschriften-, Zeitungs- und Buchverlage, Universitäten, Forschungseinrichtungen u.v.m. nutzen diese Dienstleistung von tredition, um unter eigener Marke ohne Risiko Bücher zu verlegen.

Alle Informationen im Internet: **www.tredition.de/fuer-verlage**

tredition wurde mit mehreren Innovationspreisen ausgezeichnet, u. a. mit dem Webfuture Award und dem Innovationspreis der Buch Digitale.

tredition ist Mitglied im Börsenverein des Deutschen Buchhandels.

Dieses Werk elektronisch lesen

Dieses Werk ist Teil der Gutenberg-DE Edition DVD. Diese enthält das komplette Archiv des Projekt Gutenberg-DE. Die DVD ist im Internet erhältlich auf **http://gutenbergshop.abc.de**